死ぬまで続く恋

泉典子

中央公論新社

目次

死ぬまで続く恋

第一章　初めての恋　一九六五年

その日わたしをダンスパーティーに誘ったのは、高校時代の友達の頼子《よりこ》だった。頼子が勤める薬品会社は、その年も海岸沿いのホテルでパーティーを開いていた。

わたしはもともとダンスが好きで、母からは盆踊りの楽しさも教えられていた。母はふがいない夫を尻目に、兄から譲り受けた呉服屋の支店のひとつを潑剌《はつらつ》として営んでいた。夏になるとわたしのために新しい浴衣《ゆかた》を作り、一緒に町内の盆踊りを楽しんだ。

ホテルの二階のロビーにはホールから速いテンポのダンス音楽がもれていた。その音はホールへの厚いドアをあけたとたんに渦になってかぶさってきた。薄暗い照明のなかをどぎついライトが天井を華やかにまわり、大勢の男女がリズムに乗って揺れていた。

頼子はわたしを、数人の男たちがビールを飲んでいるテーブルに案内した。言葉をかわすうちに、そこにいる男たちはY高校の同窓生であることがわかった。Y高校はわたしの高校の隣にあったから、にわかに彼らに親しみを覚えた。

「踊りましょうよ」頼子がそう言って立ちあがった。相手の男はもう決まっているようだった。するとと隣にいた男がわたしに声をかけた。

「踊ってくれますか?」

初めてのダンスパーティーで初めて男に声をかけられる体験にちょっととまどいながら、わたしは軽く会釈をして席を立ち、男のあとについていった。

その男が浅岡和夫《あさおかかずお》だった。

和夫のリードは不慣れな感じで、背中を押さえる手の感触がくすぐったくて落ち着かなかった。それでもいつの間にか踊る男女の群れに溶けこんで、酔ったような気分になった。ワルツが終わると、和夫について席に戻った。

和夫はうまそうにジョッキを傾けた。浅黒い顔に細い目が笑っていた。人を惹きつけるような顔立ちではないけれど、快活そうな青年だった。

会場にはブルースが流れていた。男女が身体を重ねあわせるようにして踊っていた。

「もう一度踊りませんか?」和夫が言った。

和夫は背がいくらか高いほうだったけれど、わたしは一五〇センチ足らずだったから、顔が相手の胸のあたりにあった。男の胸に顔を寄せるのは初めてだった。何か大きなものに支えられているような安心感と、心地よい甘さがあった。

九時にならないうちに、一足先に会場を出た。階段を降りかけたとき、和夫が後ろを追ってきた。

「そこまで送りましょう」

「いえ、けっこうです。ここの道は慣れていますから」

「じゃあ、出口まで行きましょう」

和夫はそう言いながらわたしの横に来た。ホテルの出口はすぐそこだった。

「あのぅ……」

何か言いかけた和夫の声に顔を上げると、とまどったような視線に出会った。

「住所と電話番号を教えてもらえませんか？」

わたしはなんと返事してよいかわからなかった。母の顔が目に浮かんだ。

「いいわ、頼子さんのお知りあいですものね」

わたしは目のなかの母に応えるようにそう言って、和夫が差しだした手帳に電話番号だけを書いた。

帰りの道は往《い》きよりも爽やかだった。パーティーの興奮にまだ身体じゅうがほてっていた。タイルの道にこつこつとヒールの音が響くなか、今別れたばかりの男の甘い声に酔っていた。

和夫から電話があったのは、それから一週間が過ぎたころだった。そして交際が始まった。食事のあとダンスを楽しんだりしながら、向かうのはいつしか行きつけになった喫茶店で、そこでおしゃべりをするのは、ほとんどいつもわたしのほうだった。和夫は自分から何かを話そうとはしないで、いつも楽しそうに聞いていた。彼は見るからに屈託のない青年で、ダンスのときにはやわらかくわたしを抱いた。男に抱かれる体験は甘美で、そのエロティックな感触は心身をとろけさせた。

逢瀬《おうせ》を重ねるうちに、わたしは次第に和夫にのめりこんでいった。とりわけ惹かれたのは、わたしにはない根っからの明るさだった。和夫はわたしと同学年で、私立大学の化学科を出てから、頼子と同じ薬品会社に就職していた。実家は世田谷にあったが、彼は会社の寮に入っていた。

そのころわたしのほうは、東京外国語大学イタリア語科の四年生をやり直していた。前年の春から数カ月をイタリアで遊んだあと、翌年には卒業しないで、一年延ばしていたのだ。和夫と出会ったのは、その二度目の四年生の春だった。

父は和夫の存在を知ると苦々しい顔をした。大学院へ進んで勉強を続けるものと思っていた娘は、その期待を裏切っただけでなく、平凡な勤め人の妻になるつもりらしい。そう思うと愉快ではないようだった。母のほうは和夫の家柄にこだわった。しかしわたしはそんなことまで考えなかった。大学院へ行こうという漠然とした希望も、和夫の奥さんになって毎日を幸せに暮らすという夢物語に、いつの間にか入れ替わっていた。

和夫の父親の保夫《やすお》は大手の建設会社の人事課長をしていた。家庭を営み子どもたちを育てることを生きがいにした、典型的なマイホームタイプのサラリーマンだった。大柄のどっしりした体軀に柔和な雰囲気をたたえていて、神経質なわたしの父とは正反対だった。妻の香代《かよ》はそんな夫に頼りきって、不自由のない毎日を送っていた。和夫には弟がひとりいた。和夫の素直で快活な性格は、この波風の立たない落ち着いた家庭で育《はぐく》まれたものだろうと、自分勝手な父親を持ったわたしには、それがうらやましかった。

しかし外見は柔和に見えた保夫が、家のなかではワンマン親父であることを、わたしはのちに知ることになった。和夫は幼いころから、父親を恐れ父親の顔色を窺《うかが》いながら育ったらしい。いつも他人の顔色を窺い相手に合わせようとする和夫の性癖は、父親への恐れが育んだものにちがいなかった。

和夫が結婚式は二十五歳になってからにしたいというので、わたしは大学を一年遅れて卒業したあと、その年の秋まで待った。

就職のことはまったく頭になかった。仕事がやがてわたしに自由をもたらすだろうとは、考えもしなかった。母が毎日仕事に精を出しているのを目にしながら、それがいかに貴重なものであるかに気づかなかった。母ははたらきながら、それが天職であるかのように生き生きしていたし、呉服屋の女主人らしく、いつも和服をきりっと着こなしていた。その優美な姿に「労働」というものを感じとることはむずかしかった。

こうしてわたしは、和夫と知りあってから一年半後の秋に結婚した。式があった日の夜、和夫がわたしを求めずに眠ってしまったのには驚いた。和夫の人となりを知ってみれば、結婚式という一大イベントが彼の肩には重すぎて、終わった後どっと疲れが出たのだろうと推測できる。和夫は負担になることがことごとく嫌いで、ものごとを無難に済ませたがる男であることを、そのときのわたしはまだ知らなかった。

保夫は結婚した息子のために、小高い丘を開発してできたばかりの団地に家を建てた。二百七十平方メートルの土地に百平方メートルの家という、新婚夫婦が夢にさえ見ることのむずかしい新居だった。わたしたちは十一月の末に、仮住まいのアパートからその家に移った。

わたしは家計のやりくりなどまったく知らなかったから、和夫の月給は十日と持たなかった。すると母に助けを求め、母は文句ひとつ言わずにお金をくれた。わたしたちの暮らしはそんなわけで、初めの数年は自立した結婚生活からはほど遠かった。家は夫の父に建ててもらい、家計費はわたしの母に補助してもらいで、まるで子どものままごとだった。

しかし当然のことながら、蜜月気分はいつまでも続かなかった。和夫の帰宅時間がしだいに不規則になり、夜中になることもしばしばだった。

夜遅く帰宅したときの和夫は目がとろんとして、酒臭かった。足もとをふらつかせながら、「ごめん、遅くなっちゃった」と言って、赤黒くなった顔に曖昧な笑みを浮かべた。

温め直した食事に和夫はほとんど手をつけなかった。わたしはそのたびに失望と寂しさを覚えたけれど、そこにはまだ不思議な甘さがまじっていた。愛する相手がやっと帰ってきたという安堵と幸福感がまじっていた。

しかし遠からず見えてきた和夫の実像は、わたしを少なからず落胆させた。快活で人当たりのよい青年は、無類の酒好きという親譲りの癒やしがたい病を持っていたのだ。

わたしに電話もしないで、酒臭くなって夜中に帰ることが重なるうちに、和夫はそれを当然と考えるようになった。高度経済成長のなかで多くの男たちがそうであったように、週末ごとに飲み明かしていた。翌朝和夫は爽やかな表情でわたしの肩をぽんと叩き、「昨日はごめん」と言ってへらへらと笑った。まるで肩をひとつ叩けば前夜のことが帳消しになるとでも思っているみたいだった。わたしはそのたびにばかにされたような気分になり、その屈辱感は日を追うごとに、内部に澱《おり》のようにたまっていった。

そのうちに愚鈍なわたしも気がついた。和夫には和夫なりの社会があり、生活があったのだ。わたしはひたすら和夫のために生きていたつもりだったけれど、和夫はそうではなかった。和夫を取り巻く社会という広い世界が彼を必要としていて、当然ながら、彼にはそのなかでの役目もあった。和夫はわたしのために、意識と身体の何分の一かを割《さ》いていたにすぎなかったのだ。

ひとりでものを考える夜が続くうちに、わたしはしだいに冷めていった。それとともに以前の自分が見えてきた。わたしにはやりたいことがあったはずなのだ。将来翻訳をやりたいと思っていた。

わたしはいったいどこで道をはずしたのだろう。わたしとは誰だったのだろう。何を迷ってしまったのだろうか。そういうことを考えるうちに、大学を出て以来忘れていた、大学院に入って勉強を続けたいという願望が再燃した。和夫が自分の生活を持つように、わたしもわたしらしい生活を築かなければならない。

大学院へ入りたいというわたしの言葉に、和夫はすぐに賛成した。和夫にはわたしがいくらか重荷になっていたのだろう、家にくすぶっているよりよっぽどいいよと、軽やかに答えた。ふたりとも、子どもを持つことはまだ考えていなかった。

それから何カ月かを受験勉強に費やしたあと、幸い試験には合格して、結婚してから一年半が過ぎた春から、わたしは母校の大学院に通いはじめた。

学費はこのときも母が進んで出してくれた。こんなふうにわたしには、頼めばいつも助けてくれる母という大きな支えがあったから、いつまでも自立ができなかった。夫の給料が低いため、申請をすれば学費の一部を免除されることさえ知らなかった。

意外だったのは、和夫の親たちの反応だった。わたしは無邪気にも、和夫の両親も当然喜んでくれるものと思っていた。ところがおめでとうの言葉ひとつなく、わたしの大学院進学は冷ややかに受けとめられた。

和夫の親たちはわたしが外語大出であることだけでかなり抵抗を感じていたのに、そのうえ大学院にまで入ってしまった。息子の嫁の立場として、不謹慎な行動だと受けとったのは、当時ではむしろ当然のことだったただろう。そんなこんなで、和夫の親たちへのわたしの印象は日に日に悪くなっていった。

　わたしはそのことに当惑して、よい嫁として振る舞おうと腐心した。大学院を終えるまでは子どもは作るなという主任教授の忠告に背いてその年の秋に妊娠したのも、そんな気持ちの表れだった。孫ができれば親たちの心証も変わるだろうと、ふと思った心の隙が、主任教授の忠告を忘れさせた。

　そのころの大学は、七〇年安保の闘争で大揺れに揺れていた。闘争が激化して、学舎の窓という窓のガラスが割られ大学が封鎖される事態にまでなると、教室は九段上のイタリア文化会館に移った。そこではわたしと年齢があまり違わないフランコ先生の授業が主だった。学生運動に没頭していたふたりの学生はいつも欠席だったから、文化会館での授業は個人授業のようになった。

　冬になると、先生とわたしはストーブのそばの机に向かいあって、こぢんまりと本を広げた。おなかの子が八カ月目に入るころには、机とわたしとのあいだに距離ができ、そのまんなかに大きなおなかが居座った。わたしは少しでも隠したかったけれど、おなかは机につっかえて隠れるどころではなかった。わたしは途方に暮れ、フランコ先生も顔を赧《あか》らめていた。

　息子の洋一《よういち》が生まれたのは梅雨の始まるころだった。大学の夏休みが終わり、洋一が四カ月になった十月、わたしは息子を近くの知人に預けてふたたび大学に通いはじめた。大学は封鎖はすでに解けていたけれど大変なありさまで、窓にガラスはなく、壁は落書きで埋まっていた。

洋一は母乳で育てていたから、授業の最中にも乳が張ってきた。胸が硬くなって、巻いているタオルがぐっしょりと重くなる。わたしは休み時間になるのを待っては洗面所に駆けこんだ。胸をはだけ、乳房を両掌に包みこむようにしてもみながら、水を出しっ放しにした蛇口の下に向かって乳を噴出させた。そんなとき、引きしぼるような悲しみが乳と一緒にほとばしった。どういうわけか、乳をしぼるときにはいつも耐えがたい悲しみに襲われた。

乳をしぼっているあいだに、たまに洗面所に女子学生が入ってきた。わたしの姿にショックを受けたのか、彼女たちは硬直したように入り口付近に突っ立ったまま、茫然としてこっちを見つめていた。わたしは何も言わずにタオルを替え、柔らかくなった乳房を乾いたタオルに包んで、そっと胸もとに収めた。

わたしは三年をかけて修士課程を終えた。大学紛争や子育てのあいだを縫っての、じつにお粗末な院生生活だった。学位授与式は紛争のために六月まで延び、そのころにはふたたび悪阻《つわり》に苦しんでいた。今回は洋一のときほどひどくはなかったけれど、それでも初めのうちは、毎日黄色い液体を吐き続けた。学窓を離れる日、主任教授は「あなたはもう奥さんだから、就職のことは考えなくてもいいでしょうね」と言った。わたしは素直にええと答えた。実際、就職など考える心の余裕はなかった。

洋一の妹の理恵《りえ》が生まれたころには、和夫は仕事がますます忙しくなり、家庭に目を向けているひまはなかった。わたしはふたりの子どもの世話に明け暮れ、本もろくに読んでいなかった。そんななか、理恵が生まれて三カ月が過ぎた四月の末に、主任教授から電話があった。学窓を離れてから、すでに一年あまりが過ぎていた。

「お元気ですか。今日はちょっとご相談があってね。急な話だけど、国費留学生の試験を受けてみませんか」

あまりにも唐突なその誘いに、わたしは返事ができなかった。

「なに大丈夫、落ちやしませんよ。僕も試験官なんだから」

教授はそう言って快活に笑った。

「向こうで何を勉強するか、その見通しさえはっきりしていればいいんですよ」

わたしはなんと答えていいかわからなかった。教授の声には、もう受けると決めているような響きがあった。

「あのぅ……子どもがおりますので、生まれて三カ月の……。主人に相談してからお返事させていただいてもいいでしょうか。せっかくのチャンスですから、ぜひ受けたいのですけれど……」

相手は一瞬黙った。

「そうですか。いいチャンスですよ。ぜひいらっしゃい。お子さんはなんとかできませんか、誰かに預かってもらうとか」

「はい、考えてみます。わたしも勉強は続けていきたいですから」

「じゃ、お返事を待っていますよ」

教授が受話器を置く音がした。わたしもぼんやりと受話器を置いた。頭のなかが熱を持ったようにほてっていた。ふいに理恵の泣き声が聞こえた。理恵は電話の音に昼寝から起こされて不機嫌だった。わたしは理恵の大きな目を見つめながら、途方に暮れていた。理恵が不満そうな表情をした。わたしははっとして台所にミルクを取りに行った。

理恵にミルクを飲ませながら、頭のなかはめまぐるしく動いていた。飛躍のチャンスは逃したくない。けれどもふたりの子どもはどうしたものだろう。実家に預けることは考えられない。母は孫の面倒を見るようなタイプの女ではない。台所でエプロンをかけて食事を作る母の姿も、子どもたちと戯《たわむ》れる姿も、わたしの記憶にはなかった。わたしが知っている母は、お客の前でさらりと反物《たんもの》を広げる商人だった。

その夜わたしは、和夫が帰るのを待って教授から電話があったことを伝えた。和夫は思いがけない話に驚いたのか、グラスにビールを注ぎながら無言だった。

「いくらなんだって今は無理じゃないの?」

和夫は返事に困ってそう言った。

「あたしもそう思うんだけど、でも残念だわ……」

「チャンスは今だけじゃないだろう。子どもたちがもう少し大きくなるまで待てないかい？」

和夫の声には、こんな時期に冗談じゃないと言いたい気持ちが表れていた。その気持ちはよくわかったから、それ以上言いつのることはやめにした。

その夜は床に入ってからも、気持ちは吹っ切れていなかった。子どもを持つということの大変さを、初めて身に染みて感じた。こんな状況でこれからも勉強を続けることができるのだろうか。いびきをかく和夫の横で何度も寝返りを打ちながら、頭は眠りを寄せつけなかった。

翌日わたしは教授に電話をかけた。残念だが今回は見送りたいというわたしの言葉に、教授は合点がいかないようだった。国費留学という誰もが夢見るチャンスをみすみす逃すとは、愚かにもほどがあると、そう思ったにちがいない。わたしはうつろな気持ちを抱えながら受話器を置いた。

今わたしは、将来への道をひとつ、自分の手で閉ざしてしまった。そう思うと、胸のなかに大きな穴がぽっかりとあいたような、言いようのないむなしさを覚えた。自分の住む世界がだんだん小さくなっていくようで恐ろしかった。

理恵が生まれて二年半が過ぎた年の秋に、和夫は東京の本社に転勤になった。通勤時間は延びるし慣れない仕事に神経を磨《す》り減《へ》らすしで、和夫は毎日疲れて帰り、食事もそこそこに寝てしまった。

本社は研究所と違ってつきあいが多く、酒のうえに麻雀が重なった。どちらにも強い和夫は、夜中に酔って帰ってはベッドに直行し、わたしの横に入ったかと思うとたちまちいびきをかきはじめた。そのいびきと酒のにおいは、内部にはびこりはじめた和夫への嫌悪感を否応なく増幅させた。

社会の波にうまく乗って悠々と泳いでいる夫の後ろ姿を見ながら、わたしは必死にその名を呼び続けた。しかし彼はこちらを振り向こうとはしないで、ひたすら自分の道を歩いている。

あるときわたしは、夫の後ろ姿を追うことをやめて立ちどまった。去って行く夫をそのままにして、くるりと向きを変えた。夫が自分の道を脇目も振らずに進んでいくなら、わたしもわたしの道を進んでいこう。

第二章　パオロに出会う　一九七五年

　理恵が三歳になってひとり遊びや仲間との遊びの楽しさを覚え、わたしに余裕が生まれると、東京の書店にイタリアの本を注文して楽しむという、以前の習慣が復活した。それに呼応するように、翻訳への願望もふたたび力強く芽を出しはじめた。

　以前に教授の紹介で宇宙についての本を一冊訳したことがあった。本の内容はほとんど未知の世界だったけれど、そのときに覚えた翻訳の楽しさはいまだに忘れていなかった。

　そのころたまに行っていた九段上のイタリア文化会館で、イタリア遊学中によく読んでいた新聞が目に止まった。何気なくページをめくりながら最後に近いところまで来ると、読者の投稿欄があった。そこには宛先が書かれていたから、手帳に一応メモしておいた。

　当時読み親しんでいた作家のなかに、ディーノ・ブッツァーティという短篇の名手がいた。彼の短篇は書き方は軽妙でも内容は深く、愛読者の数も少なくないようだった。

　どういうきっかけだったかわたしは、そのブッツァーティの妙味に魅了されていることを書いて、投稿欄に送ってみる気になった。送ったその日からもう、読者の反応は必ずあるという、確信に近い思いに胸が弾んだ。

一月あまりが過ぎたある日、イタリアから一通の手紙が届いた。それにつられるようにして連日手紙が届き、なかにはある流行作家からの短信まであった。

ブッツァーティをめぐるイタリアからの手紙はそれから二カ月ほどもとぎれることなく続き、書いてくる人たちの年齢もさまざまだった。特筆すべきは、この出来事がきっかけになって終生の友人がふたりできたことだった。

ひとりはナタリア・レヴェッロで、わたしより三歳年上の彼女は、フィアットのオフィスではたらきながら日本文化を研究していた。もうひとりはスイスの女性グローリア・バッリ。彼女はロカルノの名家の生まれで、独り身の自由を満喫しながら世界中をめぐっていた。

手紙をよこした人のなかにひとり、ブッツァーティの短篇集を送ってきた人がいた。

九月も半ばを過ぎて、暑さがいくらかしのぎやすくなったある日の昼下がり、幼稚園がお昼で終わって、子どもたちは昼食のあと昼寝をしていた。ひとり居間のソファで本を読んでいたわたしは、ふと顔を上げて、うろこ雲の浮かぶ秋の空に目を移した。そのとき唐突に、パオロ・ビアンキという名前が頭に浮かんだ。ブッツァーティの短篇集の送り主であったその人は三通も手紙をくれたけれど、三通目にはまだ返事を出していない。最後の手紙をもらってからもう一カ月ほどが過ぎている。パオロ・ビアンキってどんな人だろう。考えているうちに手紙を書いてみたくなった。

わたしは二階の南向きのコーナーに置いた机に向かって、タイプライターに紙をセットした。引きだしに収めたイタリアからの手紙のなかに、彼からの三通目が見つかった。手紙の最後に「今月の末にはブリュッセルに移ります。できたらそちらのほうへお便りをください」とあって、ブリュッセルの住所が書いてあった。濃紺の細字が連《つら》なる文面から察すると、中年の人で教養が高く、詩や小説が好きらしい。学校の先生みたいな感じもする。今ごろはブリュッセルにいるのだろうか。とにかく返事を書いてみようと、わたしはキーを打ちはじめた。


——お返事が遅れてすみません。いただいた短篇集は数日前に読み終えました。ブッツァーティは作品も好きですが、彼の表情も好きです。ハンサムなのにどこかとぼけたところがあって、日本のある俳優に似ています。作品もちょっと彼の顔に似ていて、人生の真実をじつにユーモラスに表現していますね。重いテーマをこんなにさりげなくこなすのは、やっぱり天才だなあと感心してしまいます。

ところで失礼ですが、ブッツァーティは別にして、あなたご自身に少々興味が湧いてきました。あなたはどんな方ですか？　ご職業を伺ってもいいですか？　学校の先生ですか？　カラヤンみたいな方ですか？　それともブッツァーティみたいな？

わたしは今、三歳と六歳の子どもを抱えながら、イタリア語や翻訳の勉強をしています。

ある国の文化を勉強するには、その国とじかに触れあうことが大切なのに、今のわたしにはその機会がほとんどありません。ですからお手紙のやりとりは、わたしにとっては大変貴重な体験です。

またお便りがいただけたらどんなにうれしいことでしょう。

横浜にて　九月二十日

わたしは家事や子育てで忙しいなか、パオロからの手紙だけはどういうわけか、いつも頭の片隅にあった。当時のイタリアと日本のあいだのやりとりには、短くても二十日ほどがかかった。彼からの返事が着いたのは十月の半ばで、それは特急便と言いたいほどの速さだった。

――またお手紙をくださってありがとう。ブリュッセルに着いてから住所が変わったので、あなたのお手紙はこちらへ転送されてきました。そのために返事が遅れてすみません。

ご想像がはずれて残念ですが、僕はカラヤンでもブッツァーティでもありません。職業は数学の教師で、この点ではあなたの勘はぴたりです。年齢は四十一歳で、妻と、十一歳と十三歳の男の子がいます。

数学は自然科学とは言っても、とても人間味のある学問なのです。推進力は文学と同じく情熱で、大切なのも同じ独創力と想像力です。浅岡さんは、ロシアの数学者でソフィア・コワレフスカヤという女性を知っていますか？　彼女などはまさに情熱のかたまりでした。彼女の想像力は数学の分野に大きな足跡を残しただけでなく、文学や恋愛としても花を咲かせたのです。時間があったらぜひ彼女の伝記を読んでみてください。数学者というのが、ふけだらけの頭をひっかきながら数式だけをにらんでいる人種でないのがおわかりになると思います。

数学の研究は、優れた文学作品を読むように生命力を燃え立たせてくれます。今まではミラノの大学におりましたが、この秋から三年ばかりブリュッセルの大学で講義をすることになりました。もちろんベルギーだけでなく、フランスやドイツなど近隣諸国の学者との交流も欠かせません。こちらにはまだ親しい友達もいないので、あなたとの文通が続けられたらうれしいです。

あなたは今度のお手紙で、「拝啓《ジェンティーレ》」ではなく「親しい《カーロ》」で呼びかけてくださいました。つまり僕をお友達のひとりにしてくださったということですか？　僕も「親しい《カーラ》」で始めました。遠い未知の国にあなたのようなお友達を持てるなんて夢のようです。

ブリュッセルにて　十月一日

この手紙にわたしはいつになく心が弾んだ。パオロという、夫とは別の異性の存在は、頭のなかのそれまでは平穏だったどこかを刺激した。その刺激はきわめて強烈で、しかもたいそう快いものだったから、精神の何分の一かが常にその人に占められているような具合になった。

パオロの手紙に吸い寄せられるようにして、わたしもすぐに返事を書いた。

——数学の先生とは意外でした。でもわたしの友達のなかにも、数学の先生なのに小説を書いている人がいます。その人は結局数学には見切りをつけて、今では小説家になっています。もう作品を五篇も出版し、会ったときには文学の話ばかりです。愛読者ができて、手紙をもらうのが楽しみだそうです。

コワレフスカヤという人のことはどこかで読んだのか、名前だけは知っていますが、伝記を読んだことはありません。でもわたしの偏見では、数学者というのは変わった人が多いようです。数学者の伝記はどれもおもしろくて、飽きることがありません。ですからあなたがどんな方なのか、ますます興味が湧いてきました。

わたしは期待に胸をふくらませながらこの手紙を投函した。パオロはわたしが返事を出すとまたすぐに書いてくる。わたしも彼の問いに答えるように返事を出す。それは会ったこともない異性とじかに会話をしているような、胸のときめくゲームだった。

どういう巡りあわせでか、わたしはたまたま、数学者という人種に以前から特別の興味を持っていた。数学者の伝記を好んで読みはじめてから、彼らの住む特異な世界と、蟻地獄《ありじごく》にはまるようにしてもがく彼らの変人ぶりが、好奇心を刺激してやまなかった。

パオロとのやりとりは、遅く帰っては寝てしまう夫との会話不足を補ってくれた。パオロは地球の反対側にいる〈無害な〉存在に思えたから、余計な心配はしなかった。

その年はわたしの三十三歳の厄年だった。それが厄年どころか、その後のわたしの人生を形成する第一歩になろうとは、まったく想像もしていなかった。夫がどっぷり仕事に漬かってダイナミックにはたらいているあいだに、わたしもダイナミックな恋愛を体験することになった。夫が薬の成分だかを研究しているうちに、運命はわたしにも、男と女の関係という、このうえなく興味深い研究材料を提供してくれていた。

一九七六年が明けた一月八日に、パオロからその年の第一信が着いた。


――気がついたら僕らはもう半年も手紙をやりとりしています。あなたと文通を始めてから、毎日が今までとは違ったふうに見えてきました。僕はいつも研究室を出る前に手紙を書いて、帰宅の途中で投函するのですが、一日の仕事を終えて気晴らしに手紙を書くのか、手紙を書くために仕事をしているのか、わからなくなりました。

僕らには夫や妻がありますから、現実の女と男にはなれませんが、だからこそかえって、日常を抜けだしたような気分になれます。あなたはこの前のお手紙に、「あなたからのお便りを心待ちにしています。どの手紙よりも先に封を切ります」と書いていらした。なぜですか？　教えてください。

——わたしは新聞に投稿したとき、まさかあなたのようなお友達ができるなんて、考えてもいませんでした。あなたのお手紙をなぜ最初に読むのか、わたしにもよくわかりません。でも待ち遠しいのは事実です。もし相手が女友達だったら、こんなに胸をときめかせて待つでしょうか。

男女のあいだには友情があり得るのか、どこまでが単なる友情なのか、恋愛感情とのあいだのどこに一線があるのか、わたしにはわかりません。でもあなたに対する感情は、女友達への愛情とも、兄妹の愛情とも、たしかに違うのです。なぜって〈ときめき〉があるのですから。

こんなおつきあいがいつまでも続いたらどんなに楽しいことでしょう。あなたは続くとお思いになりますか？

——僕はよく手紙を妻と一緒に読みます。でも今度のあなたのお手紙はあいにく一緒には読めませんでした。男女のあいだの友情とか恋愛感情とか、微妙な言葉があって、妻には見せにくかったからです。

妻のアンナは高校時代のクラスメートです。僕は彼女を裏切ったことは今までに一度もなく、アンナ以外の女性の身体は知りませんし、ほかの女性と友情を結んだこともありません。しかし怜子さん（お名前で呼ぶのをお許しください）の場合はちょっと違うようです。僕らはこんなに遠くにいるのに友情を結べそうな気がするのです。僕らはおたがいの利害とか容姿とか（失礼！）には関係のないところで知りあいました。おたがいの精神が呼びあったような感じです。でも僕らが女と男であることは否定できないし、男同士の関係とも根本的に違います。なぜって妻にお手紙を見せられないのですから。

あなたの夫君はイタリア語を理解されないが、僕の妻は理解します。ですからまた何かデリケートなことが書きたくなったら、大学のほうへ送ってください。家宛の手紙には、たとえ他愛ないことでも、疑念を生むような内容は書かないでください。妻を傷つけたくありません。

一通ごとに僕らのあいだの何かが変わっていくような気がします。「僕らのあいだ」ではなくて、「僕の内部」と言うべきなのかもしれないけれど。

あなたは今度の手紙の末尾に「あなたの《スア》怜子」と書いていらした。「あなたの」という言葉は、あなたがほんの少しは僕のものであると感じさせてくれます。僕の一部もまた、あなたのものであるように。

一九七六年二月一〇日　あなたの《スオ》パオロ・ビアンキ

――お言葉どおり、この手紙は大学のほうへ送ります。ご安心ください、大学宛はこれを最後にしますから。

今回のお手紙を読んで目が覚めました。わたしはよくひとりで、夫も子どももいない領域に遊びますが、あなたがいつの間にかその領域に入っていらしていたのです。あなたが夫や父親でいらっしゃることも、わたしが妻であり母親であることもすっかり忘れていました。

これは大学宛の最初で最後の手紙ですから、ひとつだけ訊かせてください。どうして大人になると、空想の世界に遊んではいけないのでしょうか。豊かなもののいっぱい詰まった空想の世界は、子どもだけの領域なのでしょうか。わたしたち大人は扉の前で立ちどまり、くるりときびすを返して戻らなければいけないのでしょうか。一度だけ本心を打ち明ければ、あなたが〈わたしの《ミオ》パオロ〉になってくださったらどんなにうれしいことでしょう。

あなたの《スア》浅岡伶子

――待ちかねたお手紙がやっと着きました。不思議です。あなたが書いていらしたことは、僕が近ごろ考えていることそのものでした。大人はなぜ空想の世界に遊んではいけないのだろうか。どうして僕たちはいつも「扉の前で立ちどまらなければならない」のだろうか。あなたは数学や文学の続きなのに、どうして一線を引かなければならないのだろうか。僕もこのごろ、そんなことをしきりに考えていたのです。数学や文学は僕ひとりの頭のなかの問題だけれど、あなたは生きた本物の女性だからなのはわかっています。でも僕にとって日本はロビンソン・クルーソーの無人島みたいに遠いところで、あなたはそこに住む架空の女性でしかないのです。

伶子さん、少なくとも一度だけ、あなたを君《トウ》と呼ばせてください。僕は君を知って本当にうれしいのです。じつを言えば、扉なんか蹴飛ばしてなかへ入ってしまいたい。君が僕の目の前にいて言葉をじかに聞けたらと、考えたことがないと言えば嘘になります。そんなことを夢想できるのも君が遠くにいるからで、ここから数キロメートルのところにいるとしたら、こんな手紙は絶対に書かないでしょう。

矛盾しているようですが、僕らはいつかきっと会えるような気がします。そんな予感がするのです。次のお手紙は家宛なので特別なことは何も書いてもらえませんが、でも僕らのあいだにはもう、ひとつの秘密ができました。こんな幸せを僕にくれてありがとう。

――あなたへのお返事、どういうふうにしたらよいか迷いました。開封なさるのはいつもあなたのほうですか。奥様が開封なさることはありませんか。試みに、今回は二通の手紙を同封してみます。一通はあなたへの、もう一通はおふたりで読まれるための手紙です。

わたしへの手紙は一通だけでけっこうです。手紙はたいてい夫のいないときに着きますし、おっしゃるように夫にはイタリア語がわからないのですから。それにわたしには、手紙を夫と一緒に読む習慣はありません。日本の夫たちは仕事に忙殺されていて、妻にそこまでつきあってはいられないのです。

　今度のお手紙にわたしは有頂天になりました。わたしにもこれからはあなたを「トゥ」と呼ばせてください。なんだかあなたとの距離が急に縮まったみたいです。

あなた《トゥア》の伶子

　パオロとの文通が始まってから、早くも一年が過ぎようとしていた。敬称ではなく二人称の親称で呼びあうようになってから、わたしたちは名字をなくして、パオロと伶子というただの男と女になっていた。

　パオロとわたしはまるで、魔法の箱を目の前にして、なかに何が入っているのかと、胸を躍らせながらひとつずつあけていく幼児のようだった。わたしにとってそれは、妻でも母親でもなく、どこまでも自分自身になれるかけがえのない体験だった。

　わたしたちを急速に結びつけたのは、おたがいのあいだの距離だった。遠くにいるという安心感がふたりの心を無防備にした。安全弁であるはずの距離が、わたしたちをかえって接近させたのは皮肉だった。友情の名の下に隠れていたはげしい感情が芽を吹くのに、たいした時間はかからなかった。

――君の手紙を数日前に受けとって、翌朝にはもう返事を書きました。でもすぐに破り捨ててしまいました。なぜって友人としての手紙ではなかったからです。君の手紙だってまるで恋文みたいです。君はもう和夫君を愛していないのですか。愛されていないのですか。一緒に暮らしていて幸せではないのですか。

僕らは近ごろ頭がおかしくなったみたいです。ひとりで車を運転しているときなど、隣の席を見ながら、まるで君がそこにいるような気がします。君を空港に迎えにいって、あの深い森に君を誘《いざな》う……数世紀を経た古い大木のあいだから陽《ひ》がわずかにもれ、梢《こずえ》がやわらかに明るんで……君は苔《こけ》むした森の一隅に座り……僕は君の目を見つめながら、手を取って愛撫する……。ああ伶子、君は僕に魔法をかけたのです。僕は頭を冷やして、もうこんなことは考えないようにします。

君の手紙を受けとったとき、アンナが僕と並んでソファに座っていました。アンナの目の前で開封するはめになった僕は心臓が止まりそうでした。そのときアンナがコーヒーカップを下げにキッチンへ立ったのです。僕はあわてて封を切って、僕宛のほうをとっさにポケットに入れました。二通入っていたので、助かりました。

伶子、お願いだから僕を二度とこんな目に遭《あ》わせないでください。この手紙への返事は大学のほうへ送ってください。よくはないけれどしかたがないのです。アンナは君の手紙がいつもより短いと言っています。君だっていつか和夫君に見つからないともかぎりません。ふたりともなんて心臓に悪いことをしているのでしょう。恋は人を幸せにしますが、不可能な恋はその反対です。僕は君を不幸にしたくはありません。

朝は何時に起きますか。夜は何時に寝るのですか。僕は眠りにつく前に「おはよう、伶子」と挨拶します。僕は君がいつかこちらに来るかもしれないと、本気でそう思っています。でも会うのは一度きりにしたいのです。僕らの関係は一篇のすばらしい詩であって、終わりのない夢なのですから。

一九七六年三月十九日　ブリュッセルにて

――あなたのお手紙を何度も読み返してみました。わたしは夫を愛しているのかどうか、自分でもわからないのです。夫は毎日仕事に追われて、話をするひまもありません。それに彼にはもう親しい会話は必要ないようです。先日の手紙も夜の十一時過ぎに書いたのです。本来なら夫婦が仲むつまじく過ごす時間なのに、夫はあの日も夜中を過ぎてから帰宅しました。

和夫はなんでも簡単に割りきってしまい、一プラス一は必ず二になると信じています。たまには三になるなんて考えもしません。わたしには目に見えないもののほうが大事なのに、和夫は目に見えないものなんか信じないと言います。心のなかの問題などには無縁なのです。そのことに初めて気がついたとき、寒気がするほどのむなしさを覚えました。

わたしの両親は争いばかりしていたので、わたしは北風の吹く家で育ちました。だからいつの間にか、悲しみがわたしの天性のようになりました。和夫はわたしと違って健全な家に育っているので、精神がきわめて健康で、病むということを知りません。ですから、わたしの病んだ心が理解できないのは無理もないことなのです。

あなたがおっしゃるように、あなたとわたしの関係は、周囲を恐れる必要のない、たわいない夢です。夢が成り立つには、それを支える堅実な土台が必要です。わたしの渇いた日常生活はあなたとの夢の土台なのですから、ちょっと矛盾しているようですが、大切に守っていかなければなりません。さもないと夢が壊れてしまいますものね。

――君の手紙を読んで、僕らが求めあう理由がわかったような気がします。僕らはよく似た精神状態にあるのです。君が幸せでないことは、すぐに察しました。おそらく悩めるものは他人の悩みにも敏感だからなのでしょう。

アンナは和夫君と同じようなタイプの人間です。彼女にとっては日々の生活がすべてなのです。僕らは大学を終えてまもなく結婚し、子どもが生まれるまではそれでも一緒に読書や音楽を楽しんだものです。けれども母親になったとたんに、彼女の関心はもっぱら育児と家事だけになってしまったのです。

アンナは本も読まずコンサートも億劫《おっくう》がり、家のなかのこまごましたことしか考えなくなりました。僕は気落ちしただけでなく、ときには腹立たしくもなりました。伴侶のはずが突然開店休業を宣言されてしまったみたいだったのですから。

君は和夫君を愛しているかどうかわからないと言う。でもそれは結局愛していないということです。愛するということはそんなことではありません。君は和夫君に期待を抱きすぎたのではありませんか？　君が幼いころから蓄積してきた心の傷を、彼が癒やしてくれるだろうと考えたとしたら、ちょっと無理な願望かもしれません。

君たちは少なくとも初めは愛しあっていたのでしょう？　それならもう一度初心に返ったつもりでやってごらんなさい。僕を見るような目で彼を見れば、ずいぶん違って見えるはずです。

ああ伶子、こんなことを言う僕は思いやりと正義感にあふれた男だとは思いませんか？ええ、僕にだってちゃんとわかっているのです。こんなことは建前でしかなくて、人生はそれほど単純ではないことが。この僕が努力しても容易にできないことを、どうして君に説教なんかできるでしょう。

伶子、君は一瞬でも現実的な愛を考えることがないだろうか。僕らの空想の領域にも、慣習やタブーを持ちこまなければならないのだろうか。

君は毎日何時から何時までひとりなのですか？　このごろ君がちっとも手紙を書いてこないとアンナが言っています。どうか家への手紙も書いてください。

——待ちに待ったお手紙がやっと着きました。あなたはもう夢の世界から抜けだして、夫や父親に戻ってしまわれたのかと思っていました。

あなたがおっしゃるように、見方を変えれば夫も違って見えるのかもしれません。でも夫がわたしにとっていちばん大事な存在なのかどうか、自分の胸に訊いてもそうだという返事は返ってきません。

わたしは夫を子どもたちの父親として愛そうと思っています。わたしたち大人は配偶者を選べますが、子どもたちは親を選べません。そのことによる不幸や悲しみは、仲の悪い親を持ったわたし自身が十分に知っています。

夕方犬の散歩に出たとき、茜色に染まった西の空を見ながら、あなたもこの空の下にいるのだと考えます。海へ行けば、この海はあなたのところまで続いているのだと思います。でもそれだけです。ただそう思うだけで満足しなければならないのです。あなたがこんなに遠いということが、ときどき信じられなくなります。

パオロ、本当に大学に手紙を送ってもいいのですか。わたしは心配だったから、アンナと読まれるための手紙しか書かないで、お返事を待っていました。でもなかなか来ないので、この手紙は大学のほうへ送ってみます。もし不都合だったらおっしゃってください。わたしの電話番号を書いておきます。

もう十一時を過ぎました。子どもたちは寝静まっています。わたしはひとりでこうしてあなたに語りかけています。そちらはまだ午後の三時ごろで、あなたはきっと大学にいらっしゃるのでしょうね。研究という名のクイズを解いていらっしゃるかしら。

——君の大学宛の手紙がやっと着きました。僕は毎朝ここへ来るたびに今日こそと思いながら、毎日失望していたのです。もう僕のことは忘れてしまったんだろうか、和夫君にばれてしまったんだろうかと。伶子、僕はもう君の手紙なしには生きていけなくて、酸欠状態みたいになってしまいます。

近ごろは現実と夢とが混じりあって、何がなんだかわからなくなりました。伶子はもう大人で、大人の恋とはどういうものかを知っている。でもこれは単なる手紙の遊びだと思っているのではないか。実際に会ったら口づけなんかしてくれるだろうか。いったい僕らは何をやっているんだろう。ときどきわけがわからなくなります。

先日の日曜日、アンナや子どもたちとソワーニュの森へ行きました。鳥たちが、おそらく愛の呼び声でしょうが、艶《つや》のある声をかわしていました。日常の喧噪《けんそう》から離れた森のなかでは、枯れ葉を踏む音にさえふだんと違った味わいがあります。ときおりふたり連れが手をつないで通ります。あれが伶子と僕だったら、と思わずにはいられません。あの手が僕らので、あのほほえみも僕らので……。

電話番号を教えてくれてありがとう。君の声を聞けるだけでもどんなにうれしいか。何時ごろに電話をかけたらいいですか？　早く声が聞きたいのです。

君はあまりにも寂しすぎます。十一時を過ぎてもまだひとりだなんて。そんなことがたびたびあるのですか？　僕には信じがたいことです。

君の手紙の終わりにある「あなたの伶子」という言葉の上に唇を当てました。君も同じことをしてくれますか？　そうすれば僕らは唇を重ねることができるのです！

僕はまもなく家族と一緒にイタリアへ帰り、夏休みの二カ月ほどを向こうで過ごします。九月半ばにはブリュッセルに戻ってきます。ここで君の手紙に会えるのを楽しみにしています。

どんな理由があってか、運命がわたしのために用意してくれた相手は、多くの点でわたしに似ていた。そのためかパオロの言葉はわたしの頭にすんなり届き、会話が弾んで楽しかった。彼はいつの間にか、わたしの住んでいる世界の幅も深みも広げてくれていた。

ふたりのいちばんの共通点は、不器用だけれど誠実で、率直で気取りのないことだった。遣う言葉もよく似ていたから、おたがいへの理解が早かった。

パオロにわたしが送った写真は、春の草原で子どもや犬とはしゃいでいるわたしを撮ったものだった。彼はその写真がたいそう気に入って、いつか会えるのを楽しみにしていると書いてきた。パオロから来た写真には、藍色の半袖シャツを着た、四十代にしては若い男の人が写っていた。淡い金髪にシルバーの混じった豊かな髪が、ふわりと頭を包んでいた。

パオロから電話があったのは写真の彼に出会った数日後だった。「モシモシ」から始まって片言の日本語が耳に入ったとき、パオロだ！　と直感した。「レイコ、アイシテマス」で切れたほんの数分のあいだ、頭も胸も沸騰しそうになった。


――パオロ、お電話をありがとう！　初めてあなたのお声を聞いて、あなたがすぐそばにいてじかに触れあっているような錯覚を覚えました。あなたの声はわたしの内臓まで届いて、全身に響きました。

わたしはときどき夢想します。広い野原のまんなかに〈わたしたちの部屋〉がひとつあって、あたりは見わたすかぎり豊かな緑です。わたしたちはその息吹《いぶき》を身体じゅうに感じながら、深い安らぎを覚えます。わたしは心《しん》から疲れたとき、神様の温かい腕に抱かれて深く眠りたくなります。その眠りが永遠に覚めなければどんなにいいだろうと……。

あなたのお手紙に唇を当てました。冷たいインクの文字なのに、あなたのぬくもりが伝わってきて、頬が熱くなりました。パオロ、愛しています。


――仕事の都合で早めに休暇を切りあげ、昨日大学に戻りました。僕はまず君の手紙を探しました。でも着いていなかったのです。十時をまわったころ、研究生が手紙をまとめて持ってきました。ふさいでいた胸が一気に高鳴りました。

君は君の言う〈僕らの小さな部屋〉から外の景色を眺めるだけで、何も考えず何もせず、ただ深い静寂を楽しむだけなのですか？　本当にそれだけなのですか？　僕らは大人なのです。現実の恋人のように愛しあうのではないのですか？　自由な男女になって、自由に振舞ってはいけないのですか？

ああ、僕はなんてことを言うのだろう。こんな手紙を和夫君が見たらなんと思うだろう。君は妻であり母親であり、僕は夫で父親なのを、君に手紙を書こうとするたびにいつも忘れてしまうとは。

伶子、君は僕がアンナに求めて得られなかったものを、あふれるほど持っています。情熱とか感受性とか。僕は冷たい夫婦にならないように、アンナを愛そうと努力しています。でもきみが持っているものをアンナが持っていてくれたらと、つくづく思います。

君にひとつお願いがあります。美容院へ行ったら、切った髪の一部を取っておいて、僕に送ってください。それから僕からの手紙は全部焼き捨てたほうがいいでしょう。君は見つかるも見つからないも天の意思だと言いますが、天は自ら助くるものを助くというのも真実です。危険を避ける努力はしてください。

伶子、これからは手紙の冒頭に君のルージュの跡をつけてください。僕はその上に僕の唇を重ねたいのです。

——今日は月曜日です。やっとあなたとふたりきりになれました。

いまわたしたちは〈ふたりの部屋〉にいます。窓からは快い春の風が入ってきます。外の緑がまぶしく、小鳥のさえずりも聞こえます。向こうでは放し飼いの馬が草を食《は》んでいます。そう、わたしたちも裸の男と女になって、思いきり愛しあいましょうか。

あなたはわたしに情熱があると書いてきました。わたしはかつてありったけの情熱で和夫を愛したものでした。和夫もまた同じだけの情熱でわたしを愛してくれると信じていました。でも和夫は、善良で人はよくても考え方が現実的で、情熱などには無縁のようです。

いまのわたしは和夫と話をしながらも、自分の気持ちが相手にどれだけ伝わっているのか、いつも疑問に思っています。地球の反対側にいるあなたとはこんなに親しい会話ができるのに、隣にいる和夫とはまるでエイリアンみたいに言葉が通じません。夫と行為をかわしているときも、わたしはいつもあなたのことを思っています。行為の相手は夫なのに、頭のなかにいるのはあなたなのです。上半身と下半身が分かれてしまっているみたいです。

奇妙なことに、先週わたしはあなたと同じことを考えていました。髪を切ったらパオロに送ってみようかしらと。ふたりが同時に同じことを考えていたなんて！　カットした髪はもう手もとにありますから、ここに同封します。それからいつも使っている香水もコットンに染《し》ませて送ります。

パオロ、今わたしは幸福です。幸福だからよい妻にもよい母親にも素直になれます。人を愛するには、自分が幸福でなければならないのでしょうか。

――伶子、今日は胸がどきどきして頭が熱をもって、返事を書くのも無理なほどです。僕の目の前にしたたるように艶やかな君の髪があります。僕はもう何度も口づけし愛撫しました。香水の染みたコットンを君の髪に近づけてほのかな香りを吸っていると、君がここにいるような錯覚に捕らわれます。身体じゅうがほてってきて、悲しいかな、僕に教えてくれます、愛とは心だけでなく官能でもあることを。いくら否定しても、どうしてもそうなのです。神と人間の掟を忘れて、僕は君に心から焦がれます。

伶子、これはもう夢ではないのです。髪も香水も手紙に押されたローズ色の唇の跡も、すべて現実の君の一部なのです。僕はあらぬことを夢想して突然われに返ります。

僕らは近ごろかなり混乱しています。もしこんなに遠くに住んでいなかったら、今ごろはどうなっていることでしょう。伶子、少し頭を冷やすことにしませんか？　僕は自分を抑えてもっと冷静になろうと思います。これでは研究にだって手がつかなくなりますから。

――たった今、あなたの苦渋に満ちたお手紙が着きました。今度のお手紙を読んで、わたしは当惑しています。わたしが余計なことをしたために、あなたをかえって悩ませてしまったみたいです。もうこんな軽挙はしませんから、どうぞ安心してください。

数日前、夫との行為のさなかにふいに涙があふれてきました。夫に気づかれないように、あわてて顔をそらしました。近ごろでは行為のたびに、まるでわたしの心だけが身体を離れて、はるか上空をさまよっているような感じです。楽しいはずの行為がだんだんつらくなってきました。わたしたちはまたもとのお友達のような関係になったほうが、ふたりとも楽なのかもしれませんね。


――伶子、和夫君とベッドをともにするのが僕のために苦しくなったのなら、僕はとてもつらいです。それにもし将来君が、和夫君のなかに見いだしうるものを僕に求めていたのだと気づいたら、僕を非難するかもしれない、なぜ夫のなかに求めよと言ってくれなかったのかと。

夫婦は初めのうち、相手がこちらの求めているものをすべて持っていると思いがちです。でも月日が経つにつれて、それはむなしい望みだったのだと気がつき失望して、むなしさを満たしてくれるものを探しはじめます。そんな男女にとっては、小さな偶然でもあれば十分です。自分の伴侶を裏切るまでのあいだはほんの一瞬です。チャンスに出会う人もそうでない人もあるけれど、チャンスを待つこと自体、すでに相手を裏切っているのです。僕はアンナを、君は和夫君をもう裏切っているのです。

伶子、僕は君の幸せのために一歩退《ひ》きます。和夫君に、君がほしいのは目に見えるものだけでなく、精神の満足なのだと言ってごらんなさい。君も和夫君を愛する努力をしてみてください。


――パオロ、行為のさなかに涙があふれたなんて言ったのはわたしの間違いでした。あなたはいっぺんに理性を取り戻して分別《ふんべつ》ある男に返ってしまうし、わたし自身も人妻であることをいやでも思い知らされるのですから。わたしたちはこれからもこんなふうに、パトスとロゴスのあいだを往《い》ったり来《き》たりしなければならないのでしょうか。

わたしがいつかあなたを非難するなんて考えられないことです。わたしはすべてを運命にゆだねています。人間の力なんて大したものではありません。わたしたちが出会ったのだって運命以外の何ものでもありません。

わたしたちの関係は日常生活に暗い影を落とすどころか、かえって快い刺激になっています。わたしの内面が生きているから、その熱が周囲まで温めてくれます。ただ手紙を書いているだけでこんなに幸せになれるなんて、思ってもいませんでした。


――僕は数日前からこのバイエルンの小さな町に滞在しています。クリスマスにはまだ間があるけれど、ここはもう真冬のような寒さです。ここはブリュッセルから九百キロの道のりです。僕は君に手紙を書くために車にタイプライターを積んできました。

あたりは静寂そのもので、静寂を破るのは僕のタイプの音だけです。音が止むと怖いほどの静けさです。闇のなかにはアルプスに連なる山々が潜んでいます。その闇の向こうの、曙《あけぼの》がそろそろ訪《おと》なうかなたに君はいるのです。でも僕は今、まるできみと一緒に〈ふたりの部屋〉にいるみたいです。でも君はいない。なぜいないのですか？　ああ僕は気が変になりそうだ、君はいつだっていないのだから。

僕は君に、僕の気持ちを素直に書くことはもうやめにすると言ったけれど、こんなにひとりぼっちのときには、そうしないではいられなくなります。

僕らが知りあってから、早くも一年半が過ぎました。僕らの出会いはまさに運命です。そのあとすぐに僕がブリュッセルに移ったのですから、ずいぶん不思議な巡りあわせです。もしイタリアにそのままいたら、手紙のやりとりも自由にできなかったでしょう。周囲がすべてイタリア人だったら、大学だってどこだって手紙を読まれる危険はつねにあるわけですから。ブリュッセル滞在は、まるで僕らのために用意されていたような気さえします。

もうすぐ十一時です。君のほうはそろそろ目を覚ます時刻ですね。おはよう、伶子。一緒にコーヒーを飲みましょうか。

第三章　舅との衝突　一九七七年

パオロとの文通はわたしにとって、それまで考えたこともない、夢にさえ見たことのない体験への第一歩になった。日常を抜けだしてひょいと降り立った惑星は、広さも深さも計り知れない、驚きに満ちた世界だった。わたしはただ手紙をやりとりしているだけなのに、髪の毛の一本から足の爪先まで、全身が期待感と高揚感にふくらんだ。

日常を眺めれば、和夫は三十代の半ばを迎えて、仕事にますます脂が乗っていた。洋一も理恵も元気に小学校や幼稚園に通っていた。わたしはどこから見てもふつうの主婦でしかなかったけれど、内にはそれまで知らなかった類《たぐ》いの熱を溜《た》めこんでいた。

パオロへの手紙はいつでもひとりだけのときに書いた。子どもたちにはイタリア語がわからなくても、子どもがいるときには書けなかった。わたしは子どもたちには後ろめたさを感じていたけれど、和夫に対してはそんな感情は不思議なほど湧《わ》いてこなかった。わたしはあるとき、テレビを観ている夫の背中に向かってひそかにつぶやいた。

（あなたはそうやって向こうを向いてしまったけれど、あなたの代わりに心を満たしてくれる人ができたわ。パオロはあなたの代役を引き受けてくれたのだから、感謝したらいいわ）

和夫はわたしの心の万分の一も量《はか》れずに、テレビのボクシングに一心に見入っていた。


桜がほぼ散ってしまった四月の半ばに、イタリアからナタリア・レヴェッロが訪ねてきた。彼女は日本の文化に傾倒し、とりわけ刀剣の根付けに魅了されていた。日本に来たいとかねがね思っていたけれど、日本には知人もなく、きっかけがつかめなかったと言って、新聞でわたしを知ったことを喜んでいた。

五月に入った連休中の一日、わたしたちは一家そろって和夫の実家へ泊まりがけで遊びに行った。三時ごろに世田谷の家に着き、ひととおりの挨拶を済ませると、わたしはいつものように台所へ入った。和夫もいつものように、父親のあとについて庭木の世話を手伝っていた。

夕飯は七時ごろに始まった。子どもたちが早めに食事を終えると、まず舅の保夫が自分の椅子にどっかりと座った。その椅子は大きめでゆったりとして、まさに保夫そのものだった。その隣の肘掛けのない籐椅子に妻の香代がちょこんと腰かけ、わたしたち夫婦がテーブルをはさんで腰を下ろした。

その日も乾杯から始まった。みんながそれぞれの皿に料理を取りはじめてまもなくだった。わたしのはす向かいにいた舅がチーズをつまみながら言った。

「伶子はイタリア人を家に泊めてるんだって？」

その口調にはちょっと渇いた響きがあった。わたしは一瞬とまどいながら返事をした。

「ええ、しばらく前に友人が来まして、十日ほど泊まっていきました」

「ああ、和夫から聞いたがね」舅はわずかに苦笑した。

「そんなことする必要があるのかね」

「……」

「外人にサービスしようってわけかい」

わたしは面食らった。その言葉がとっさには理解できず、とまどった視線を隣の和夫に移した。和夫は黙ってビールを飲んでいる。わたしはためらいながら返事をした。

「サービスって……どういうことでしょうか」

舅はおもむろにグラスを置いて、和夫に似た細い目をわたしに向けた。

「イタリア人に宿を提供したんだろう？」

「宿を提供って……ええ、まあそういうことですが」

「要するに、ろくに知らない人間を家に泊めたわけだ」

「……」

「どんな友達なんだね、その人は」

「文通で知りあったんです、二年ほど前に」

「文通で知りあっただけで友達なのかね」

「……」

「文通してるってだけで、会ったこともない人間を泊めるっていうのはどんなものかな」

思いがけない言葉の連発にわたしは心底驚いた。楽しい食事が始まるはずがどうしてこんなことになってしまったのだろう。舅はいったい何が言いたいのだろうか。わたしは頭が混乱して、和夫に無言で助けを求めた。

「イタリア人のほうは和夫の家で世話になって、うまいことやったと思っているかもしれん」

わたしは茫然として言葉もなかった。頭から血の気が退いて心臓の鼓動がとくとくと全身に響いた。この人はなんていうことを言うのだろう！　舅は怒ったような顔をしてイカの刺身をつまんでいる。和夫もわたしの横で何食わぬ顔をして料理をつついている。わたしはふたりを見くらべた。ひとことも言わない夫が舅よりさらに不可解だった。わたしはまるで浅岡家という家のなかでひとりだけよそ者であるかのような、ひどい孤立感に襲われた。どうにか気を取り直すと、かすれた声で言った。

「ナタリアが来たことは、和夫も子どもたちも喜んだんです。和夫は英会話の勉強ができるって張りきっていたし、子どもたちにも未知の世界を知るよいチャンスになったんです。それにわたしにも、久しぶりのイタリア人との接触でいい刺激になりましたし……」

「母親になってまで、なんでそんなに勉強しなけりゃならんのかね」

舅がかぶせるように言った。

傷ついた獲物にとどめを刺すようなその言葉に、わたしはふいに我に返った。胸の鼓動は退き、気持ちが妙に落ち着いていた。わたしは相手の顔をまともに見据えた。大事な友を侮辱され、生きがいにケチをつけられて、もう黙ってはいられなかった。

「お義父《とう》様、たとえ外国人だってわたしには大事な友人です。わたしを頼ってきたのですから支えてあげたいのが人情です。それにわたしには、母親になったからって勉強をやめる気はありません」

わたしは一気にそう言った。保夫は苦々しげに唇をゆがめた。

「今さら勉強したって一文の得にもなりゃせんだろう」

舅はビールを注ぎながら軽蔑したように言った。わたしは和夫に視線を移して、しばらく無言で見つめていた。和夫は相変わらず何も言わない。これが本当にわたしの夫だろうか。わたしは信じがたい気持ちだった。テーブルは重苦しい空気に包まれていた。

「まあまあ、いいじゃないの。お父さんたら、どうして急にそんなことを言いだすのかしら」

それまでびっくりしたようにやりとりを聞いていた香代が、やっと取りなすようにそう言った。その言葉に救われて、一同はなんとかその場を繕《つくろ》おうと、こわばった笑顔で話題を変えた。

わたしは無意識に箸を動かしながら、味のない食べ物を飲み下していた。頭のなかが怒りで煮えくりかえりながら、いやに白い顔をしているのが自分でもわかった。

床についてからも、唇をゆがめてなじる舅の顔と、何ごともないかのように酒を飲む夫の顔が、代わるがわる頭に浮かんだ。

わたしは一晩じゅうまんじりともしなかった。いびきをかく夫の横で何度も寝返りを打った。翌日の夕方世田谷の家を出るまで、気分は沈みっぱなしだった。家では何ひとつせず風呂の焚《た》き方も知らない夫が、実家では嘘のようにまめになって、一日じゅう父親の後を追いながらいろんな世話を焼いている。いつも見慣れたその光景も、その日はじつに不愉快だった。

次の日、子どもたちを学校と幼稚園に送りだしてから、いつものように机に向かった。けれども頭はぼんやりして本を開いても身が入らず、三行読んではまた読み直した。

この家はあたしの家じゃない。あたしのために家があるのではなくて、家のためにあたしがあるのだ。それではまるでロボットではないか。和夫もあたしも世田谷からリモコンで操作されているロボットなのだ。そんなにみじめな生き方があるだろうか。

和夫はあのとき、なんの助け舟も出してくれなかった。そんな夫がいるだろうか。あたしたちは愛しあってるなんてけっして言えない。それなのに夜になれば同じベッドに入って愛しあう。なんて不潔なんだろう！　社会からセックスのライセンスをもらったみたいに公然とベッドをともにするなんて。それならパオロと寝るほうがよっぽど気持ちがいいじゃない。

庭の緑が艶やかに照り映えていた。その風景はわたしの心とは裏腹に明るかった。わたしは気を取り直して本を読みはじめた。けれども活字はいたずらに目の前を通りすぎていくばかりで、頭には入らなかった。

わたしはふたたび目を上げた。ふと舅に手紙を書いてみる気になった。和夫がわたしの気持ちを理解せず、親に対して弁護してくれるつもりもないなら、わたしが自分でやってみよう。文通から生まれた友情も、親しい友達との交わりより深くなる場合があること、人には誰にでも精魂を傾けるものがあり得ること、わたしは友情も勉強もどちらも大事にしていきたいこと。

わたしはそんな気持ちをしたためた手紙を夕方思いきって投函し、子どもたちが寝てからそのことを和夫に告げた。和夫はわたしの話を聞くと、あきれたような顔をした。

「君はいったい何を書いたんだね」

わたしは手紙の内容をそのまま伝えた。

「ご立派だよ、親に説教しようとはね」

和夫は苦りきった顔をして、手にしたビールを一気に呷《あお》った。わたしは驚いて和夫を見た。

「酒の上での放言じゃないか。いちいち気にするほうがおかしいよ」

「でもあたしにはショックだったわ」

「親父はね、酒を飲んで言ったことなんかすぐに忘れちまう性質《たち》なんだよ、それを手紙にまで書くとはね」

「お酒を飲んだって、言っていいことと悪いことがあるんじゃないの？　お義父様はあたしの気持ちを泥足で踏みにじるようなことをおっしゃったわ。お酒を飲んでいれば何を言ってもかまわないわけ？　お義父様はすぐに忘れてさっぱりするでしょうけど、あたしのほうは忘れないわ」

「親父はろくに知らない人間を家に泊めるなんて人がよすぎるって言ったわけだよ。それをわざわざ悪く取ることもないだろう」

「ろくに知らない人間だなんて、ひどいわ！　あなただって喜んでたじゃない、ナタリアと英語で話ができるって。なぜそう言ってくれなかったの？」

「そりゃあ……」

「お義父様は日ごろからあたしが不満だったのよ。たまった不満をいつかあたしにぶちまけたくて、待ってらしたんだわ。だからあたしの顔を見たとたんに、堰《せき》を切ったみたいに出てきちゃったのよ、まだ飲みはじめてもいないのに。忠告どころかどこから見たって非難だわ」

わたしはだんだん興奮してきた。怒りと恨みのまじった大粒の涙がぽろぽろ落ちた。

「あなたはいつもそうだわ。何かあるとかならずご両親の肩を持つわ。あなたはあたしの夫というより、浅岡家の坊ちゃんなのよ。ご両親を愛していて、あたしなんかどうでもいいのよ」

「それは君の誤解だよ。僕が親のことを思うのはね、君より親のほうが先に死ぬからだよ」

その言葉に、昂《たか》ぶっていた気持ちがいっぺんに冷めた。わたしは夫の顔を凝視したまま立ちあがった。それから舞台で女優が言うような台詞を吐いた。

「そう、そういうことなの。つまりご両親が亡くなったらあたしを愛してくれるってわけね。よくわかったわ。でも覚えといて、あたしはそれまで待ってはいないわ」

わたしは突っ立ったまま、遠いものを見るように、ビールを飲む男のしぐさを眺めていた。

和夫は食事を終えると、居間に移って新聞を広げた。

「とにかく明日、世田谷に行ってその手紙をもらってくるよ」

和夫は新聞をめくりながら無造作に言った。

「まさか……本気で言ってるの、あなた」

「ああ、間に合わないことはないさ。開封しないように前もって頼んでおくよ。君の気持ちはおれの口からじかに親父に説明しておこう。明日は世田谷に泊まるかもしれないからね」

和夫はそれだけ言うと、あっけにとられているわたしを残したまま、コップ酒を手に二階へ上がっていってしまった。

翌日和夫は世田谷へ行き、次の日、未開封の手紙を持って帰ってきた。和夫が父親にどんな説明をしたのかわたしは知らない。しかしわたしが舅の言葉に傷ついたことは理解されたらしかった。

保夫との衝突があってから、夫の実家がそれまで以上に密閉されて息が詰まりそうな場所に見えてきた。家は外と自由に通じるところではなくて、外界から遮断された小宇宙のようだった。そのまんなかにどっかりと君臨する、家長であり父親である保夫の顔色を、和夫はいつも気にしているようだった。

わたしの実家は商家だったから人の出入りは活発で、家は風通しがよかった。そんな暮らしに慣れていたわたしにとって、サラリーマンの閉鎖的な家庭はかなり窮屈なところだった。

わたしは放蕩に明け暮れる自分の父親だけでなく、夫の父親とも気持ちのいい関係が築けなかった。


五月の連休が終わって十日ほど経ったある日、パオロが送ると言っていたネックレスが届いた。細い金の鎖だった。そのネックレスを初めて胸に下げた日、和夫は何も言わなかった。一週間経ち、十日経ってもなんの反応もなかった。気がつかないのだろうか。それとも、どうせその辺で買った安物だろうと思っているのだろうか。いずれにしても、夫の無頓着はわたしにとって幸いだった。

無頓着はネックレスについてだけではなかった。わたしはしばらく前に、長かった髪を肩までの線にそろえていた。和夫はそれにも気づかなかった。

「ねえ、あたしのヘアスタイル、変わったと思わない?」

わたしはさりげなく訊いた。

「そういえば少し短いね。切ったのかい?」

わたしは思わず笑いだした。

「あなたってなんにも気がつかないのね。それじゃ、あたしに恋人ができたってわからないじゃない」

「君がほかの男を好きになればすぐにわかるさ」

和夫は答えながらアハハと笑った。

「あらそうかしら」

わたしは一種の感慨を覚えて夫の顔を見た。夫が妻に無関心だっていうのは、なんて恵まれたことだろう。これじゃ日本中の妻が楽々と恋人を持てるわ。みんなやったらいいんだわ、仕事と再婚した夫なんかほっといて。

和夫はパオロのことはわたしから聞いているけれど、それは何人かいる外国の友人のひとりに過ぎないと思っている。そもそも外国人とわたしが不倫の関係になるなんて、地球の重力がなくなるのより、彼の想像の範囲を超えていた。

そのパオロとの関係も、しだいに空想の域を超えはじめ、きれいごとではなくなってきた。ヨーロッパと日本が遠いところだなんて、思いこんでいたのが間違いだった。

ネックレスが着いて三日後に手紙が届いた。

――君と文通を始めてから、人生は待つことだという言葉の意味が、つくづくわかるようになりました。僕のほうも近ごろ書いていないが、それは復活祭の休暇でイタリアへ行っていたからです。僕のことはもう忘れてしまったのですか？

唐突だけど、僕は数日前から考えています。ブリュッセルからイタリアに帰る前に、できたら君を訪ねたいと。いつごろ行ったらいいかとか、これから手紙で話しあっていきましょう。僕は今から楽しみです。

数日前に君に金のネックレスを送りました。僕は鎖の一環一環に口づけをしました。そうすれば僕は君の胸にいて、いつでも君に口づけしているような気分になれるから。

——パオロ、美しいネックレスをありがとう！　今ネックレスはわたしの胸にいて、わたしはあなたの無数の口づけを素肌に感じています。

今度のお手紙にはびっくりしました。こちらにいらっしゃるなんて言うのですもの。それはうれしいのですが、わたしたちがここで本物の恋人同士になるなんて、絶対にできっこありません。現実のわたしは、手紙のなかのわたしとはおよそかけ離れた日々を送っています。毎日洗濯したり買い物に行ったり今晩のおかずに悩んだり。そこへあなたがいらしたら、わたしは途方に暮れてしまいます。

わたしたちは現実を離れたところに生きているからこそ、軽やかな空想を存分に楽しめるのです。それを壊してしまいたくありません。

こういうのはもしかしたら、「人間的」ではない「抽象的」な生き方かもしれないけれど、わたしは贅沢な精神の遊戯のほうをいつまでも楽しんでいたいのです。

——伶子、いつまでも夢を見ていないで、現実の世界へ出てきてください。僕らはふつうの恋人たちのように、いつでも好きなときに会えるわけではないのです。だから会うときには、僕らに許されるすべてを与えあおうではありませんか。理性を忘れ狂気に身を任せ、思い出が一生を支えるほど求めあおうではありませんか。

君は髪を短くしたそうだけど、その知らせに僕がどんなに落胆したか、想像してみてほしい。いつかもらった写真のなかの君の大きな目を見つめながら、将来君の豊かな髪を愛撫する日が来ることを、僕は毎日夢に見てきたのです。君が無残に切り落としてしまった髪は、僕がこの腕に抱くはずのものだったのに。

君はベルギー暮らしの僕の太陽です。太陽はちょっと覗《のぞ》いたかと思うと、たちまち雲間に隠れてしまいます。でも太陽はいつでもあるのです。「今日は陽がないね」と人は言います。それは間違いだと言ってください。たとえ空が雲に覆われているときでも、太陽はあるのだと言ってください。

——パオロ、今度のあなたのお手紙を読んで、わたしはなんだか怖くなりました。まるであなたが急にそこまで近づいてきたみたいです。夢と現実のあいだには途方もない距離があるつもりでいたのに、じつはすぐ隣にあったなんて。子どもっぽい遊びにすぎないと思っていたものが、実際に会えば大人の遊びになってしまうかと思うと、不安に身がすくんでしまいます。

わたしにとって現実というのは、いつも逃げていたい不快な場所でしかありません。あなたを求め愛するようになったのも、もとはと言えば現実から逃げるためでした。そのあなたが現実そのものになってわたしの前に現れたら……。

わたしが髪を短くしたことが、あなたにとってそんなに深刻なことだとは思いませんでした。あなたに何も言わずに切ったのは悪かったと思います。でもわたしは人形ではなく生きた人間ですから、ときには髪を長くも短くもします。こんなことで諍《いさか》いなどしていたら、わたしたちの愛も長くは続かないでしょう。

あなたは和夫と違って、「妻の座」ではなくわたし自身を愛してくださいます。わたしもあなたを心から愛しています。「おまえには夫があるではないか」というのは、もっともらしい世間の通念です。そういうものを嫌うわたしが、現実のあなたにお会いするのをためらうのですから、自分でも矛盾していると思います。きっとわたしが臆病だからなのですね。それともうひとつ、現実になればわたしたちの醜い面がいやでも出てきて、やがてふたりの愛にピリオドを打つことにもなりかねない、という危惧があるのもたしかです。

――伶子、君は以前とは変わったようです。前は本気で僕に会いたがっていたのに、もうその気はないようです。君はそのことを、懸命に言い訳しています。

君は今まで、僕に幻想を抱かせてきたのです。もうこれ以上僕の心をもてあそばないでください。僕が願っているのは君の幸せだけで、僕のではありません。四十年間にこれほど幸せに縁のなかった僕が、今さら自分の幸せを願ってもどうにもなりません。

僕らに誤解が生じるのは、手紙をやりとりしているだけで実際の相手を知らないからです。だからともかく一度会いたいのです。その意味でも、来年はぜひ日本へ行きたいのです。

僕らが実際に交わることが、誰かから何かを奪うことになるでしょうか。そのために夫や妻への愛を減らすことになると思いますか？　むしろその逆ではないですか？　彼らはある意味では僕らの出会いを助けてくれたのですから。

君はまだこれから人生の昼にさしかかろうとしています。君の坂は上り坂なのです。でも僕のほうはもう午後に入っていて、夕暮れがそこまで近づいています。日が暮れてからではなくて、日の高いうちに君に会いたいのです。そして老いたとき、自分自身に君との出会いを、君とのまじわりを語りたいのです。

今日は僕の手形を同封します。君も僕に送ってください。そうすれば僕らはおたがいの手を重ねあわせることができますから。

――パオロ、なんてすてきな贈り物をくださったのでしょう！　わたしは自分の手をあなたの掌《てのひら》に重ねてみました。いつかこの手を握る日が来るかもしれないと思うと、今から胸が高鳴ります。

しばらく前に舅とちょっとした衝突をしました。その一件で、今住んでいる家はわたしの家ではなくて舅のものなのだと、改めて思い知らされました。嫁であるわたしへの周囲の期待があまりにも大きく、わたしは窒息しそうです。よき妻よき母親で満足せよと言うのは、わたしに死ねと言うのと同じです。

男のあなたにはわたしのこんな愚痴などわからないでしょう。けれどもわたしの家はわたしの家ではなく、ましてや〈わたしたちの部屋〉などではけっしてありません。あなたにとってはこの家も夢の一部かもしれないけれど、わたしにとっては重苦しい現実そのものなのです。

あなたはわたしの幸せだけを願っているとおっしゃるけれど、恋をする人は相手のなかの自分を愛しているものです。相手の幸せだけを願う恋人なんかどこにもいません。わたしの気持ちが変わったためにもしあなたが不幸になるなら、それは無意識のうちにご自分の幸せを願っていたということです。わたしがほしいのはあなたの愛であって、同情ではありません。

今度のお手紙の冒頭には「僕の怜子」という呼びかけがありませんでした。「君のパオロより」という言葉もなくなりました。どうしてですか？　もうわたしのパオロではないのですか？

——君の手紙、今朝着きました。読む前に君の小さな手形に僕の掌を重ねてしばらくじっとしていました。それから手紙を読み始めたのです。理性的な、あまりに理性的な手紙を。怜子、人は愛するもののためならなんでもするものです。恋をするものは何ごとも恐れないものです。これは君が言った言葉ですよ。でも君は僕を君の家に受け入れたくないと言う。（もちろん僕が泊まるのはホテルです！）君は和夫君や周囲の人たちを恐れているのです。恋人は相手を信じるものですが、君にはそれができないらしい。僕が君を窮地に追いこむだろうと、それを恐れているのです。つまり僕を信用していないわけです。

君はいつか、君の精神には枠がないと書いてきました。それはおそらく君が純粋だからです。僕らの現実の行為も純粋です。僕らの行為は君の言うような〈大人の遊び〉でもなく義務でもなく、もっと深いところに根ざしているのですから。君が不安さえなくせば、僕らはどこにいてもその純粋な世界にすんなり入っていけるはずです。

君をじかに感じようと思ったら、今の僕には電話をかけることくらいしかできません。それも、時間を考え周囲を気にしながらです。君の電話番号は数字が十三個あります。秘密の電話をするものには、十三個の数字がまわる時間がどんなに長いか考えてみてください。

　伶子、お願いです。僕の気持ちを軽く考えないでください。君に本当の口づけをさせてください。


――パオロ、わたしたちが今まで住んでいた世界は非現実的な世界です。だからこそ精神に枠がなかったのです。わたしは家のなかにいながら心はここにないからこそ、どんな言葉でも書けたのです。

　ところがしばらく前からわたしたちは広い空を飛ぶことを忘れ、この地上に降りてきて、小さなつまらないことをつつきはじめたような気がします。

　わたしはまるで、今まで広い野原で無心に遊んでいたのが、急に後ろから大人の声がして、さあもう家へ帰っていらっしゃい、と言われたような気分です。こうなったらもう精神の自由は奪われ、現実のささいなことに気を遣わなければならず、ありきたりの情事と変わらなくなってしまいます。

　あなたは愛するもののためなら何でもするものだと書いていらした。つまり、あなたの望みを受け入れないなら、わたしはもうあなたの恋人ではないということですか？　わたしたちは異なった日常を生きているので、おたがいの状況を想像できないのです。住む世界が違うと、夢の見方も違うようです。

アンナにお送りした浴衣がちょうど結婚記念日に着いたなんて！　わたしはあなたの恋人なのに、アンナはそれを知らないのです。なんてひどいことでしょう！

パオロ、純粋に精神のなかだけに生きることも、甘美なことだとは思いませんか？

――僕らはおたがいを傷つけずに話しあうことがむずかしいところへ来たようです。この手紙も投函したものかどうか迷っています。

僕はなぜ日本へ行きたいなんて言ったのだろう。それが君への愛の大きな証になると思ったのに、かえって君を苦しませてしまったようです。

伶子、人間は夢ばかり食べて生きられるものではありません。君も僕も生身の人間で、架空の人物ではないのです。自分を欺《あざむ》かないでください。

僕は断じて君を現実に引き下ろしたのではない。日本へは行かないから安心してくれたまえ。君もこちらには来ないでほしい。

僕は夢のなかだけで君を「僕の伶子」と呼ぶことにします。夢のなかの僕は君に何かを強《し》いたりはしません。僕は君に精いっぱい誠意を尽くしてきたつもりです。君にそれが通じなかったのが残念です。

――やっとあなたのお手紙が着きました。二カ月のあいだに十年も年齢《とし》をとってしまったような気がします。ものを考えるには十分すぎるほどの時間でした。

あなたにとってわたしの言葉はもう悪意の表れでしかないのかもしれません。でもおたがいをよく理解するために、いつでも真心でお話ししたいのです。

わたしはあなたとのことは本物だと思ってきました。和夫に恋をしたころはまだふたりとも未熟で、人間というものをほとんど知りませんでした。わたしたちはおそらくオスとメスがおたがいを求めるように、本能に押されて求めあったのです。でもそれから十年を過ごすうちに、精神の結びつきがなければむなしいものだと思うようになりました。あなたと知りあったとき、今度こそ人間としての相手を見つけたと信じたのです。

けれどもこの二カ月、あなたのお手紙を待ちながらいろいろ考えるうちに、精神だけでは不公平なのかもしれないと思うようになりました。今まで愛しあい非難しあい失望しあってきたのは、わたしたちではなくて、まるでわたしたちの幻のようです。やはりこれではいけなくて、あなたがおっしゃるように、実際のわたしたちが知りあわなければいけないのです。

今年ももうじき終わります。今年はわたしにとって、憂鬱なことの多い年でした。今度の諍いがきっかけでわたしたちの関係が壊れてしまったら、なおさら悲しくなります。たった一度の行き違いで壊れてしまうような仲であったとは、信じたくありません。

パオロ、わたしのもとへ戻ってきてください。

――あと数日で今年も終わります。一年を振り返ってみても、いい思い出は何ひとつありません。僕にとってもいい年ではありませんでした。人生っていったい何なのでしょう。僕らはおたがいに傷つけあい殺しあう哀れな生きものにすぎません。理解しがたいものに捕らえられて、小さなかごに押しこめられているのです。

十二月初めには自動車事故であやうく死ぬところでした。わずか十分の一秒の差で助かったのです。僕はよく、時がもっと早く過ぎてくれないものかと思います。もっと先を早く見たいのです。謎に包まれた未来を早く知りたくなるのです。

アレクサンドロス大王の父王ピリッポス二世の墓が発見されました。二千三百年を経た後で彼の甲冑《かっちゅう》と剣が見つかり、それに、ひと山の灰が見つかりました。僕らの知恵も誇りもひと山の灰にすぎないのです。一陣の風に跡かたもなくなる灰なのです。

君の口づけを受けとります。僕も君にかぎりない愛を込めて口づけします。しかしこの口づけとか無限の愛とはいったい何なのでしょう。僕はもう疲れました。まるで抜《ぬ》け殻《がら》のようです。

僕は風に向かって書いています。風はときには僕を愛撫し、ときにはなぶります。風には僕の気持ちが読めるでしょうか。不思議なことに風は歌を知っています。歌いながら森や家々や窓ガラスのあいだを吹き抜けます。しかし読むことはできません。そして僕にも読む力はないのです。君は君なりに僕を愛してくれているのはわかります。でもそれがうれしいのか悲しいのか、僕にはよくわかりません。すべてはむなしい夢のようです。

一九七七年十二月十五日

第四章　パオロを訪ねて　一九七八年

　年が明けると、正月休みに弟の哲郎《てつろう》が、妻の圭子《けいこ》と三歳になる息子の輝彦《てるひこ》を連れて遊びに来た。哲郎は大学を出たあと日本橋横山町の問屋で三年ばかりはたらき、戻ってから母親の呉服屋を手伝っていた。

　哲郎はその日、輝彦を膝から下ろすと、酒を注ぎながら唐突に言った。

「ところで姉さん、例の森田《もりた》だけど、あいつもあと一年もすればフランスから帰ってくるんだろうなあ」

　森田は彼の高校時代の友達だった。

「もうどれくらいになるの、フランスへ行ってから」

　わたしは里芋の煮っころがしを扱いかねている輝彦の真剣な顔に、吹きだしたいのをこらえながら言った。

「そろそろ三年くらいかな、ほんとは二年で帰るって言ってたのに」

「じゃ、もう戻るんじゃない。ぼんやりしてたら帰ってきてから困るもの」

「そうだよな。あいつのことだから何してるんだか……。でも帰ってきたら助教授くらいにはなるのかね」

「どうかしら。まだ少し早いんじゃない」

わたしは何気なく応じながら、胸のどこかがきしんできた。留学して助教授になって、か。男はいい気なもんだわ、自分の勉強だけしてればいいんだから。あたしみたいに一日の時間をいくつにも区切って、家事の合間に机に向かったりしなくていいんだから。一日じゅう本とにらめっこして、一年じゅうそうしていられたら、どんなバカだって何かをまとめるくらいできるじゃない。そうよ、男なんかバカだって世間で一人前として通るんだわ。

そう考えるとむかむかしてきた。そして、思ってもいなかった言葉が口を衝《つ》いた。

「あたしもこの夏、イタリアへ行こうかしら」

哲郎は飲みかけの酒を置いてわたしのほうを見た。それから急に笑いだした。

「まさか、姉さん。洋ちゃんや理恵ちゃんをおいていくつもりじゃないだろうね」

哲郎は言いながら目を和夫のほうへ移した。和夫も調子を合わせて笑い顔をつくりながら、哲郎のおちょこに酒を注いだ。

「そんなこと言ってたら、あたし、おばあちゃんになっちゃうわ」

わたしはふくれっ面をしてみせた。

「でも義兄《にい》さん、これっていいチャンスかもしれませんよ。そのあいだに大っぴらに浮気ができるもの。細君が亭主を放りっぱなしにするんだから、浮気をしたって文句は言えない。そうだ、いいチャンスですよ」

哲郎はさも気の利《き》いたことを言ったように、笑いながら和夫とわたしを見くらべた。

「そうだね、願ってもない絶好のチャンスかもしれないね」

和夫が調子に乗って相づちを打ち、圭子もつられて笑いだした。わたしのほうは変にまじめな気分になった。そうよ、よく言ってくれたわ。亭主が細君を放りだしておくんだから、あたしが浮気をしたって当たり前なのよ。

そのとき和夫が思いがけないことを言った。

「僕も夏の一カ月くらいはイタリアにやってもいいと思ってたんだ」

わたしはびっくりして夫の顔をまじまじと見た。

「へえ、義兄さん、それ本気なの？」

哲郎が驚いたような顔をした。

「ああ、行きたいっていうのは前から聞いているしね」

和夫は酒の勢いに乗って心にもないことを口にした。わたしもそれに乗らないという手はない。

「そうよね、留学のチャンスは逃しちゃったんだし。子どもたちも大きくなったし」

わたしは言いながら、夫の顔を凝視した。和夫はのんきに酒を飲んでいる。

「姉さんは幸せだね。こんなにもののわかった旦那はそうざらにいるもんじゃないよ」

哲郎が感心したように言った。


わたしはこのチャンスに悪乗りして、それから数日後に和夫にその夜の話を思いださせた。

「ねえ、あたしこの夏ほんとにイタリアへ行きたいわ」

和夫はそんな話は初耳だという顔をした。

「あなた哲郎に言ってたじゃない、夏の一カ月くらいはイタリアに行かせてやりたいって」

「そんなこと言ったかね」

「また忘れちゃったの？　あなたったらお酒を飲んで言ったことはみんな忘れちゃうんだから。お義父様にそっくりだわ」

「そりゃ言ったかもしれないけどね。でも別に今年の夏ってわけじゃないさ」

「また逃げる。あなたっていやなことになると逃げてばかりよね。そんなの卑怯《ひきょう》だわ」

「逃げてるわけじゃないよ」

「じゃ、この前の晩は、哲郎がいたからかっこいいとこ見せただけなの？」

「すぐそうやってひねくれる。君が行ったら子どもたちはどうするの？」

「また子どもたちなの？　あなたはいつも、子どもたちを盾《たて》にしてあたしの邪魔ばかりしてるみたい。あの子たちのことを考えてやるんじゃなくて、ただ道具にしてるだけみたい」

「そんなことないさ。おれはふたりが困るだろうって言ってるんだよ」

「子どもがいるから行くなじゃなくて、それならどうしようって一緒に考えてくれないかしら、夫婦なんだから」

「そんなに行きたいなら行ったらいいじゃないか」

和夫はふてくされたようにそう言うと、ぷいと立ちあがってテレビのスイッチを入れた。テレビはいつの間にか、和夫のありがたい救い主になっていた。

わたしは逃げる和夫を追いまわして再三話を蒸し返した。そのしぶとさに和夫もしまいには降参した。けれどもわたしは、子どもたちを母の明子《あきこ》に預けることには気が進まなかった。母は子ども向きの人ではないから、預けたら疲れるだろうし、子どもたちも居心地がよくないだろう。

だから子どもたちは、できれば和夫の実家においていきたかった。しかし義父がうんと言うはずがない。外国人を家に泊めただけで目をむいたのだから、わたしがイタリアへ行くなんて聞いたら耳を疑うだろうし、おまけに子どもたちを預かってほしいなんて言ったら腰を抜かしてしまうだろう。

そういう実情を考えると、今回もまた断念するしかないと、内心ではもうほとんど諦《あきら》めていた。パオロに会いたいのはたしかだけれど、彼との関係は今ぎくしゃくしている。それよりもわたしは、イタリアの空気を吸わないと酸素不足になりそうだった。独特の温かさと優しさを持ったイタリアの友人たちに、一日も早く再会したかった。

ところが子どもの問題は、思いがけない解決を見た。

二月の半ばに、保夫と和夫が銀座で飲むという。わたしは本当に万一を期して、保夫に会ったら、わたしがイタリアへ行きたいから子どもを預かってもらえないかと言ってほしいと、和夫に頼んでみた。和夫は「いいよ」と気が抜けるほどあっさり承知した。和夫にしてみれば、子どもたちを預けるなら妻の実家より自分の実家のほうがいいと考えていたのかもしれない。そのほうが親の気持ちも収まるだろうと。

当日の夜、わたしは緊張しながら和夫の帰りを待った。承知してもらえるなんて、和夫が子どもを産むよりむずかしいと思っていた。だから帰宅した和夫から話はついたと聞いたときには、自分の耳を疑った。保夫はわたしがイタリアへ行くことも、子どもたちを預かることも、たいしていやな顔もせずに同意したという。それは嘘みたいな話だった。和夫がものすごいホームランをかっ飛ばしたエースみたいに見えた。保夫へのわたしのわだかまりもにわかに解けた。いつかの夜のことを、保夫はわたしよりも気にしていたのかもしれないと思った。

パオロにイタリア行きの話を伝えようとしていた矢先に手紙が着いた。

――怜子、今日は君に重大なことを知らせなければなりません。じつはアンナが妊娠したらしいのです。僕がどんなに驚いたか想像できますか？　息子たちはもう高校生です。それなのに新しい子が生まれるのです。これは神の鞭《むち》ではあるまいか。僕にはどうしてもそう思えるのです。君のことばかり考えてアンナをないがしろにしていたことへの、いさめのような気がします。

怜子、アンナは僕のために子どもを産んでくれるのです。そんなアンナを僕は全力で愛さなければなりません。もしこれから君を「僕の怜子」と呼ばなくても、僕の友情を疑わないでくれたまえ。君への思いはこれまでとまったく変わらないから。今の僕には君を「僕の怜子」と呼ぶには、あまりにも抵抗が大きいのです。君は僕の最良の友人です。これからもずっと友情を深めていきたいと思っています。

今の僕はアンナを見守り、そばについていてやりたいのです。身ごもった妻に対する僕の心情を理解してください。日本へ行くことは当分考えないことにします。

このニュースにわたしは呆然とした。パオロの妻に今さら子どもができるなんて考えてもいなかった。アンナという女性の存在がわたしのなかでにわかに重みを増し、パオロとの関係がそれまでなかったほどの現実味を帯びてきた。手紙を読んだあと、アンナへの嫉妬が突発的にわたしを襲った。

わたしはそれまで、アンナに対して嫉妬という感情はほとんど持っていなかった。パオロとわたしの関係は日常を超えた次元のものだと思っていたから、ほかの女と争うなどという低次元のこととは無縁だと思っていた。妻の座にはこりごりしていたから、アンナがうらやましいとも思わなかった。それどころか、男は魅力的であればあるほど一緒になんか暮らせないことも知っていた。わたしには、パオロと暮らしているのはアンナであっても、彼の精神生活の中軸はわたしにあるという、妙な確信があった。そしてそれこそが、わたしにとって意味を持つものだった。

それにわたしにはもうひとつ、アンナへの嫉妬を妨げるものがあった。それは父の愛人たちだった。わたしの心の底には、少女のころに抱いた父の愛人への憎しみや、今でもいるにちがいない愛人たちへの嫌悪感と、それが喚起《かんき》する母への同情が、消えるどころかしっかり根を張っていた。わたしはパオロを知ってから、あるとき自分がそういう女たちに似た立場にいることに気づいて唖然とした。アンナは夫の愚行に心を痛める母と同じ立場の人だった。だからわたしは、まだ見たこともないアンナという人に対して、嫉妬どころか後ろめたさを感じていた。

そんなわけで、ふいに本能的に燃え上がった嫉妬は、時を置かずに消えてしまった。それどころか、向こうで生身のパオロに出会えば現実の愛人同士になることは避けられないだろうと、そのことへの期待より不安のほうが大きかった。だからパオロからの知らせにむしろほっとした。妊娠している妻の近くで愛人を抱くことなどできないだろう。そう思うと、アンナの妊娠を喜びたいような気分になった。わたしはまだ、怖くなると恋人より友人でいたいという気持ちのほうが強まった。だからパオロの手紙にあった、友情を深めていきたいという言葉に、救われたような安堵を覚えた。

——なんてすてきなニュースでしょう、アンナに赤ちゃんができたなんて！　もちろんこれからは「わたしのパオロ」なんて呼びません。アンナを思いやるあなたのお気持ちがとてもうれしいのです。わたしがあなたの伶子であろうとなかろうと、そんなことはかまいません。恋情の底に友情がなかったら、おたがいの関係はいつかかならずつまらないものになってしまうでしょう。今度のことがきっかけで友情のほうがそれだけ深くなるとしたら、これほどうれしいことはありません。

パオロ、わたしからもニュースがひとつあります。驚かないでね、この夏わたしはイタリアへ行きます。和夫も同意してくれました。子どもたちは和夫の実家に置いていきます。あなたは夏にイタリアへいらっしゃいますか？　そうでなければブリュッセルにお訪ねしてもいいですか？　あなたにもアンナにもお会いして、おめでとうを言いたいのです。あなたの恋人としてではなく、友人としてお会いできれば、わたしも気分よくアンナのお顔を見ることができます。

今は、いちばんあなたを必要としているアンナを十分に愛してあげてください。赤ちゃん、無事に生まれるといいですね。今年はすてきなニュースで始まりました。パオロ、ありがとう！

――伶子、君は信じられないほどうれしいニュースをくれました。こっちへ来るって、本当ですか？

この前の手紙にアンナが妊娠したらしいと書いたけど、あれは間違いでした。妊娠ではなくて単なる更年期の不調だったようです。僕はじつを言うとほっとしています。この年齢になって子どもができるなんて、考えるだけで気が重くなります。

僕はきっと君のことで罰《ばち》が当たったのだと思いました。アンナが不憫《ふびん》になり、心から愛さなければいけないのだと、ただそれだけを考えようとしました。だから君に友情を育てようなどと書いたのです。でも僕はどうしても君を愛さずにはいられない。友達でいようと言ったそばからまた恋人になろうと言うのだから、君はあきれるかもしれないけれど、でも君が好きなこの気持ちは、僕自身にもどうにもならないのです。

君がまた以前のように、情熱のこもった手紙を書いてくれると僕は信じています。でも僕には今、君の姿が見えないのです。君が毎日本を読んでいることも、理恵ちゃんが一年生になることも、君の家に牛乳があることも知っています。でもそれだけではあまりにもみじめです。僕は君に会いたい。友達としてではなく、恋人として会いたいのです。

——パオロ、あなたのお手紙を読んで、今わたしは複雑な気持ちです。アンナの妊娠を知り、あなたの心がアンナのほうへ向かったとき、わたしはふいを突かれてうろたえました。でも考えるうちに、わたしたちにはかえっていいことかもしれないと思えてきました。これでわたしたちももとのような友達同士に戻り、そちらに行ってもアンナに気軽に会えるでしょうと。でもあなたは以前の情熱的なあなたに戻ってしまわれた。それはうれしいのですが、なんだか心から喜んではいけないような気もするのです。

パオロ、「愛するとは後悔しないことだ」という言葉を知っていますか？　いつか観た映画で主人公が言った言葉です。今度お会いしてもし愛しあうようになった場合、いつか将来それを後悔するくらいなら、初めからしないほうがいいのです。わたしはあなたという貴重な友人を持っただけで、すでに十分幸せです。

ああ、パオロ、本心を言えばあなたを死ぬほど愛したい。周囲の人たちすべてを欺いてもなお、あなたを愛したいのです。自分が恐ろしくなるほどです。

——君を愛することを僕が後悔するはずはありません。「愛するとは後悔しないことだ」という言葉は真実です。君との愛をどうして後悔などできましょう。君が許してくれるなら、僕は肉体的にも愛したい。

僕は一時期、狂おしいほど君を欲したことがありました。君のことがひとときも頭を離れず、仕事をしていても絶えず君の姿が目の前にちらつきました。ぼくはその幻を追いながら、起こりうるすべてのことを夢想しました。君はいつか書いてきた、「あなたのお手紙はあまりにもはげしすぎます」と。でもそんな手紙でさえ、僕の内面のほんの青白い影に過ぎなかったのです。

君は「心から喜んではいけない」と書いてきたけど、もっと自分に素直になってください。僕らはおたがいを愛することを通して、夫や妻も愛するようになるでしょう。僕らの恋はけっして悪いばかりではないのです。

僕は今、君もアンナも同じように愛しています。ふたりの子どもを同時に愛することができて、ふたりの女性をどうして愛せないことがあるでしょう。君も僕を愛するように、和夫君を愛してあげてください。君は肉体は精神に従属すると考えているようですが、僕にとってはそうではありません。肉体は付属物であるどころか、精神と密接に結びついています。

天は今までずっと僕らの味方をしてくれました。それなのにどうして僕らの行為を悪だなんて思えましょう。間近に迫った君との出会いを心待ちにしています。

五月十七日

——お返事が遅くなってごめんなさい。お会いできる日が近づくにつれて、喜びと一緒に不安が増してきます。こんなことって本当にあるんでしょうか。もしかしたら出発の日に病気になるのではないかしら。きっとそうなるような気がします。

あなたは本当にふたりの女を同時に愛することができるのですか？　子どもを愛するのと恋人を愛するのはまったく違います。わたしは子どもなら十人だって愛せるけれど、ふたりの男を同時に愛することはできません。夫を愛するのは彼が子どもたちの父親だからです。あなたを愛するのはわたしの恋人だからです。

わたしはあまりにも幸せすぎて、お会いしてもじかにお顔を見ることができないかもしれません。でもわたしはあなたを愛しているのですから、まじわりを恐れたりはしません。夫とのまじわりは本能的で動物的なまじわりです。あなたとの場合は心と身体がひとつになった人間らしいまじわりです。ああ、でも、わたしに二十歳の若さがあったらと、そう思わずにはいられません。


パオロは六月の半ばに、夏休みを過ごしにイタリアへ戻った。七月末にはブリュッセルに戻ると言っていたから、わたしはパオロの予定に合わせて、七月の末にブリュッセルに寄ってからイタリアに入ることにした。

これは現実への道の第一歩で、夢のなかの戯れではない。そう思うと「不倫」という言葉が思わぬ重みを持ってのしかかってきた。しかし今回の試みは、ひとつの大決心といったものではなかった。まるで以前からそうなることに決まっていたかのように、わたしが知らないうちに目の前の扉が開かれ、また次の扉が開かれた。

けれどもわたしには、夫や子どもを日本に置いてイタリアへ行くための、相応の理由がまだなかった。翻訳の仕事はぼちぼち入っていたからまとまったお金を手にすることがたまにあっても、かなりの負担を夫に強いることになりそうだった。それには抵抗があったから、今回もまた、頼りにしたのは母だった。

子どもたちが大きくなったので、勉強のためにもう一度イタリアへ行きたいというわたしの話に、母はちょっと驚いたようだった。しかし娘がまだ自立の道を探っているらしいことを知ってむしろうれしかったのか、気分よく話に乗ってくれた。

大学院に入ったときにはわがことのように喜んでいた父のほうは、わたしのことはもうすっかり諦めてしまっていたのか、返事らしい返事をしなかった。

母はもしそのときのわたしの胸中を知ったら、なんと思っただろうか。もし将来理恵がわたしと同じ立場に立って、わたしが理恵の内心を知ったら、いったいどうするだろうか。それでも喜んで支えてやるだろうか。いや、娘はわたしがしているような不透明なことはしないだろう。

出発の前日、わたしは子どもたちを連れて、和夫より一足先に世田谷へ向かった。子どもたちは祖父母の家で一カ月を過ごす期待にはずんでいて、しばらく母親と離れることを忘れているみたいだった。

翌日は土曜日で、その日は祖父母と箱根へ一泊旅行に出かけることになっていた。サベナ機が成田を発つのは夜だったから、わたしのほうが一行の箱根行きを見送るかたちになった。

みんなは十時ごろに家を出た。

「こっちのことは心配するなよ」

和夫はそう言ってわたしの肩をポンと叩いた。子どもたちも箱根行きにはしゃいでいたから、わたしはそれを見てほっとした。

みんなは車に乗り込むと、あわただしく発っていった。車が小さくなって角をまがると、わたしは庭の植えこみを抜けて家へ入った。部屋はそれまでの騒ぎが嘘のように静まりかえっていた。それまでわたしを取り巻いていた日常がふいに消えて、未知の世界への入り口が用意されたみたいだった。

夕方、わたしは戸締まりをして家を出た。夕暮れの街は買い物の主婦や勤め帰りのサラリーマンでごった返していた。屋台店の売り子の汗ばんだ額が西日を浴びてぎらぎらと光っていた。わたしと同年配の女の人が八百屋でトマトを選んでいた。わたしもつい昨日まで、その人のように忙しい日常生活に埋もれていたのだ。それなのにその日は、同じ街なかにいながら、その人たちとは別世界にいるような気分だった。

成田空港が開かれた年のその日、サベナ機は予定時刻の午後九時半に空港を発った。わたしはほとんど眠れなかった。しばらくうつらうつらしても、じきに目を覚ました。座席は狭く窮屈で、姿勢を変えるのも容易でなかった。あと数時間でブリュッセルに着き、本物のパオロに会うのだとは、アンカレッジを過ぎてもまだ信じられなかった。ブリュッセルの空港に着いたのは朝の七時半だった。

とうとう来てしまった。

わたしは緊張に身体をこわばらせながら席を立った。機外へ出るといきなりむっとする空気が顔を包んだ。空はどんより曇って大気はじめじめと蒸し暑かった。わたしはタラップを一段一段踏みしめるようにして降りていった。

ブリュッセルでは降りる人より乗り換える人のほうが多いのか、出口へ向かう人はあまりいなかった。ゲートに近づくにつれて心臓がとくとくと鳴り、息が苦しくなった。頭の芯がぼうっとして、熱を持ったようにほてっていた。出迎えの人びとの顔のひとつひとつが大写しの画面みたいに迫ってくる。胸の鼓動ははげしくなる一方で、脳天までじんじん響いた。

通路はかなり長かったのに、通り抜けても声をかけてくる人はいなかった。わたしはスーツケースの上にハンドバッグを置いて、あたりを見まわした。あちこちに人の輪ができていて、楽しげな笑い声が聞こえてくる。でもわたしに近づいてくる人はいない。どうしたのかしら、電話をしてみようか。そう思いながら、ベルギーの小銭もまだ持っていないことに気がついた。わたしは傍らにいた中年の女性に声をかけた。

「すみませんが、両替所はどこでしょうか」

にこやかに指さして教えてくれたその人に礼を言って歩きかけたとき、肩先に何かが触れた。わたしは後ろを振り向いた。パオロだった。パオロなのはすぐにわかった。パオロは藍色の瞳にやわらかい笑みを浮かべて、斜め上からじっとわたしを見つめていた。

「パオロ……」

わたしの唇がひとりでに動いた。

「レイコですね」

パオロはゆっくり発音した。やや青白い細面に形のよい鼻筋が通り、目もとと口もとが笑っている。藍色の瞳がクールな顔立ちのなかでひときわ印象的だった。

パオロはわたしを抱き寄せて、左右の頬に代わるがわる頬を重ねた。そのしぐさはまだ遠慮がちで、本当にわたしなのか確かめているみたいだった。けれども二度目に見つめあったときには、相手がずっと待っていたその人であることを、おたがいに心から納得した。

「じゃ、行きましょうか」

パオロはスーツケースを押しながら出口のほうへ歩きはじめた。後ろからついて行くわたしをときどき振り返りながら、うれしそうに笑っている。ダークブルーのラフなシャツにグレーのズボンがしっくり合って、地味ななかにもイタリア男のセンスが窺えた。

「飛行機、ちょっと遅れましたね。僕は六時半にここに来ました」

パオロは振り返りながらそう言った。

駐車場は通路を隔てた正面にあった。パオロは白いプジョーのトランクにスーツケースを収めると、ドアの外で待つわたしの前に立った。

「君はとうとう来たんですね」

パオロはそう言うと、わたしをふいに力いっぱい抱きしめた。それからゆっくり力を抜いて、顔を見つめたまま車のドアをあけた。

シートに身体を沈めて、わたしは深い吐息をついた。それまでの不安や緊張がゆるやかにほぐれていった。

車は両側に森を見ながら大通りをすべるように走りだした。左側に座るパオロの右手がわたしの手に触れた。わたしは黙ってその手に掌を重ねた。パオロはわたしの手をしっかり握った。彼はわたしが想像していたとおりの男だった。背丈は一七三センチだというから和夫と変わらなかった。しかし目の表情はまったく違った。和夫の目は細く平坦で、そこに映っているのは外の景色だけだった。パオロの目はわたしの親友逸子《いつこ》の目に似て、何かを語りかけながら、彼自身の深みをかいま見せていた。

「ねえ君、このまま家へ行ってしまわないで、ちょっと寄り道をしていきませんか？」

パオロはわたしの返事を待たずにスピードを上げた。車はまもなく森の入り口で停まった。パオロは道の端に車を置き、わたしの手を握って小径を歩きはじめた。

（君を空港に迎えにいって、あの深い森に君を誘う……数世紀を経た古い大木のあいだから陽がわずかにもれ、梢がやわらかに明るんで……君は苔むした森の一隅に座り……僕は君の目を見つめ、手を取って愛撫する……）

わたしの脳裏にパオロの手紙の断片がよみがえった。

パオロはわたしを思いながらこの道をひとりで歩いたのだ。今パオロとわたしはその同じ道をふたりで歩いている。もう夢ではない。パオロはわたしの隣にいて、わたしが握っているのは、これは本物のパオロの手なのだ！

わたしは握る手に思わず力を入れた。パオロもわたしの手を力を込めて握り返した。

小径《こみち》を抜けるとあたりはにわかに開けて、明るい木漏れ日の差す小さな空き地に出た。まわりには巨木が枝をまじえるようにしてそびえている。上を向くと、軽やかに重なる葉のあいだから青い夏空が覗いていた。

パオロは大きな切り株のひとつにわたしを誘って腰を下ろすと、慈《いつく》しむように抱き寄せた。

「伶子、僕らは本当に会えたんだ」

パオロはそう言いながら、わたしの顔にじっと見入った。それから顔を近づけてきた。はじめ、唇の感触はやわらかだった。わたしたちは二枚の花弁を重ねるように、そっと唇を重ねあわせた。やがてパオロの唇はむさぼるようにわたしを求めてきた。わたしはそのはげしい愛撫に身を任せながら、唐突にヴァーグナーの目くるめく旋律を頭のなかに聞いた。

何分経ったのだろうか、わたしたちはまたもとの小径を歩いていた。現実の世界はわたしが思い描いていた世界と寸分も違わなかった。パオロは手紙を通して知ったわたしのパオロその人だった。

車が走りだすとまもなく、パオロはカセットデッキのスイッチを入れた。ふいにベートーヴェンの田園《パストラル》が、狭い空間にあふれるように響きはじめた。そのまろやかで軽快な調べに、わたしの体内をかつて味わったことのない突きあげるような歓喜が走った。そんなパストラルは初めてだった。ヨーロッパのまんなかで、今わたしはパオロとふたりでパストラルを聴いている。それは信じがたいことだった。パストラルの伸びやかな旋律は、ふたりの出会いを心から祝福しているようだった。

パオロのアパートメントは、都心をはずれた広い静かな通りに面していた。家は三階にあった。エレベーターを降りると踊り場になっていて、左右にふたつのドアがついていた。パオロが左手のドアのフォーンを押した。なかから「はい」という女の人の声がした。

ドアが開くと、目の前に中年の女性が立っていた。アンナだった。茶色い縁のついた楕円形の眼鏡の奥で丸い目が笑っている。ダークグリーンのアイシャドウが愛くるしい目に魅力的な影を添えている。ふくよかな身体から発散する人なつこそうな温かさがふわっとわたしを包んだ。わたしはその温かさに当惑した。

「まあ、伶子さん、遠いところをよくいらっしゃいました」

アンナはわたしを抱くようにして、高めのソフトな声で言った。ふっくらした肌が、夏の日差しに焼かれたのだろうか、わたしより深めの小麦色をしている。やや突きでた感じの鼻が愛らしさをいっそう増している。

アンナは、わたしがそれまでにときおり思い描いたパオロの妻のイメージをことごとく吹き消すような女性だった。

居間は二十畳ぐらいの広さだろうか。突きあたりが通りに面した大きな窓になっていた。その手前に、大理石の天板を張った楕円形のテーブルが置いてある。入り口に近いほうにはダークブラウンの応接セットが収まっている。暗緑色の絨毯が敷かれた部屋全体が、くすんだような渋い雰囲気をかもしだしていた。

わたしがその部屋へ入るとまもなく左手のドアがあいて、ふたりの少年が姿を見せた。ミケーレは十六歳、ルーカは十四歳だったが、ふたりとも父親より背が高かった。ミケーレは父親に似て、細面のいくらか神経質そうな顔立ちをしていた。ルーカのほうは母親似の丸みを帯びた甘いマスクに、まだ幼さを残していた。ふたりは照れたような挨拶をすると、じきに部屋へ引っこんでしまった。

「仮住まいなもんだから狭くて不自由なんですよ」

パオロがわたしをソファに促して自分も向かいの椅子に座りながら言った。アンナがエスプレッソコーヒーを淹《い》れてきた。

「そうだ、君が無事に着いたことをまずご家族に知らせるといい」

パオロが葉巻に火をつけながら思いついたように言った。それから立ちあがって、そばの電話台にわたしを誘った。パオロはわたしが言う番号をまわし、受話器を差しだした。

わたしは電話に出た香代と和夫に無事に着いたことを伝え、家族のみんなが元気なことを確かめてから受話器を置いた。振り返ると、パオロとアンナが並んでソファに腰かけ、にこにこしながらわたしを見ている。ふたりとも、聞き慣れない日本語の発音に興味津々らしかった。目の前にいるふたりはどこにでもいる平凡な夫婦だった。つい先ほどの森のなかの出来事が、スクリーンで誰かが演じた一場面のように思えてきた。

昼食が終わってしばらくすると、アンナが買い物に出かけた。わたしは寝不足と旅の疲れで頭がぼうっとしていた。

「君、少し休むほうがいいよ」

眠たそうなわたしを見て、パオロが言った。

「この家には客間がないんですよ。僕の書斎に簡易ベッドを入れるから、夜はそこで我慢してくれないか。狭くて申し訳ないんだが」

「いえ、わたしはホテルに泊まります」

「そんなことは言わないでくれたまえ。君は僕のお客さんだ。ここに泊まってくれなきゃ困る」

「でもアンナにご迷惑をかけたくありませんから」

「余計な心配は無用だよ。僕の言うとおりにしてくれたまえ」

「でも……」

「ところで、どのくらいここにいられるの？」

「八月三日にはミラノの友達のところに行くと言ってありますから、二日に発つつもりです」

「それじゃ、たったの三日しかいないのか……」

パオロはわたしの顔は見ないで葉巻を吹かしている。ミケーレとルーカの部屋からギターの音が聞こえていた。

「あの子たちは昼過ぎには出かけるって言ってたから、とりあえずそっちの部屋で休んでくれるかな。ベッドを持ってくるからね」

パオロはそう言うと、立ちあがってふたりの部屋のドアをノックした。ギターの音がぴたりと止んだ。ドアがあいてルーカが顔を出した。

「君たち、まだ出かけないのかい？　伶子さんがお疲れだから休ませてあげたいんだ。部屋を貸してくれないか」

「ああいいよ」

ルーカが返事をする声がした。それからルーカと一緒にミケーレも、ギターを小脇に抱えて出てきた。

「じゃあパパ、行ってくるよ」

ふたりはわたしにもはにかんだような挨拶をして、口笛を吹きながら行ってしまった。

パオロがどこかから折りたたみ式のベッドを押してきた。

「伶子、よかったら先にシャワーを浴びなさい」

パオロがベッドを部屋に入れながら言った。わたしはうなずいて、居間にあったスーツケースを子ども部屋のほうへ移した。

シャワーを終えると、ベッドはもう整っていた。

「じゃ、休みたまえ。二時間ほどしたら起こすからね。ワーテルローへ案内したいんだ」

パオロはドアを閉めながらそう言った。

わたしはベッドの白いシーツの上に疲れた身体を横たえた。ふんわりした毛布がえも言われぬほど心地よかった。壁にはスポーツカーのばかでかいポスターや、少女たちの写真や、世界地図などが雑然と貼ってあった。部屋じゅうが男の子の雰囲気だった。

目を閉じると、そのまま深い眠りに落ちていきそうだった。そのとき、ドアの取っ手がカタリと鳴った。わたしは重いまぶたをこじあけるようにして足もとの向こうに目をやった。パオロだった。消え入りそうだったわたしの意識がにわかに蘇った。

パオロはドアを後ろ手に閉めて、静かな微笑を浮かべながらベッドに近づいてきた。枕もとまで来ると、ひざまずいてわたしの唇に唇を重ねた。パオロの手が毛布をそっと引いて、薄い肌着の下に隠れた。肌着はパオロの手の動きに素直に従い、わたしの身体を少しずつあらわにしていった。

「いけないわ、パオロ」

わたしはパオロの手を押さえた。

「アンナが帰ってきたら……」

「ちょっとでいいんだ。君の身体を見せてくれないか」

パオロは哀願するように言った。彼の手は腹とふたつのふくらみをいとおしむように愛撫していた。唇がわたしの肌に触れた。それはまもなく嵐のような口づけに変わって全身を包んだ。わたしは羞恥《しゅうち》に身体をこわばらせていた。同時にパオロが切ないほどいじらしかった。パオロはこのときをどんなに長く待っていたことだろう。どんなにつらい日々だっただろう。わたしの内部には、羞恥心とともに久しく忘れていた初々しい感情が燃えあがった。それまで眠っていたわたしの女が、パオロの口づけでふいに目を覚ました。もう何年も死んでいたわたしの官能がにわかに生命を吹き返した。

「倫子、ありがとう」

パオロがため息まじりの声で言った。わたしはパオロの手と唇の熱をまだ全身に感じながら、まもなく深い眠りに落ちていった。

翌朝はパオロが大学に用があったから、次男のルーカが町を案内してくれた。空は厚い雲で覆われ、今にも雨が降りだしそうだった。

ルーカとわたしは家を出てから、市電の停留所までの道を並んで歩いた。横を歩くルーカの背はすらりと高く、小柄なわたしは見上げるようにして会話をした。

「伶子さん、ひとつ訊きたいんですけど……」

ルーカがいたずらっぽく言った。

「どんなこと？」

「もし僕がタバコを吸ったら、パパやママに言いますか？」

「あなた、タバコを吸うの？」

わたしは驚いて問い返した。

「ええ、でも一日に一本か二本です」

「そうなの。まだ早いんじゃない？」

ルーカは首をちょっとかしげて笑った。

「そうね、じゃ、パパやママには言わないことにするわ」

わたしは共犯者になった気分を目で伝えた。ルーカは満足そうにうなずいた。

「でもね、なぜパパやママがいけないって言うか、考えてみたことある？」

「ええ、よくわかってます。だから一日に一本か二本なんです」

「でもじきにそれだけじゃ済まなくなるわ」

ルーカは澄ましてうんと言った。

「タバコは高いでしょう。だからこうやって紙とタバコを別に持ってて、自分で巻くんです」

ルーカは言いながらポケットからごそごそと紙とタバコを取りだすと、慣れた手つきで巻いて見せた。


昼前に家へ戻ると、パオロはもう帰っていた。午後にも大学に用があるというので、今度はアンナと王立美術館へ行くことになった。大学に行くパオロが、ついでにわたしたちを車で送ってくれると言う。

家を出たのは二時半ごろだった。

「ねえ君、僕の研究室を見ていかないか」

車が走りだすとパオロが言った。わたしは喜んでうなずいた。

大学は緑の深い森の近くにあった。駐車場に着くと、アンナは車のなかで待っていると言う。

「すぐに戻るよ」

パオロがそう言い置いて、わたしたちは正面の入り口に向かった。夏休みでも大学には学生がかなりいた。わたしたちは階段を四階まで上って、研究室が並ぶ廊下に出た。パオロは五つ目のドアに鍵を差しこみ、あけてわたしの背中をそっと押した。

　そこは手紙にあった「五メートル四方の」こぢんまりした部屋だった。一面は本棚で埋まり、向かいの壁にわたしが送った日本のカレンダーがかかっていた。その下の机には本や書類が山積みになっている。部屋の中央に、十人ばかりが丸く座れるテーブルがあった。

　パオロはここであたしへの手紙を書いているのだ。ここはパオロの唯一の安らぎの場なのかもしれない。家へ帰ればひとりではいられない。学生が帰ったあと、家へ戻るまでのひとときを、ここであたしに手紙を書いて過ごすのだ。この部屋にはパオロの喜びや悲しみが詰まっている……。

　わたしはそんなことを考えていたから、パオロがブラインドを下ろしたのにもほとんど気づかなかった。パオロはわたしを抱き寄せて、それからしっかりと抱きしめた。床にゆっくりとひざまずくと、ブラウスのボタンをはずしはじめた。

「パオロ、ここは研究室だわ」

　わたしは当惑してパオロに言った。

「ああ、わかってる。でも僕らにはどこにも場所がないんだ。時間だって切れ端しかない。こんな愛し方しかできないんだよ」

　パオロはブラウスを広げると、肌着の上からわたしの胸に顔を埋《うず》めて動かなかった。本棚を背に立つわたしの目の下にパオロの頭があった。わたしはブロンドと栗色のまじった髪を指でまさぐり、それから力いっぱい抱きしめた。わたしの脳裏でパオロの裸体とわたしの裸体が影絵のように重なった。

それはほんの一、二分の出来事だった。パオロがブラインドを上げると、外は雨でけぶっていた。下の駐車場にアンナが乗った車が見えた。

もう三時を過ぎていた。パオロは美術館の脇の道にアンナとわたしを降ろすと、そのまま大学に引き返した。五時半に迎えに来ると言っていた。アンナとわたしはこぬか雨のなかを美術館の正面にまわった。

王立美術館には古代エジプトから近代までのさまざまな展示品が並んでいた。アンナもそこへ来たのは初めてだった。わたしたちは感心したり驚いたりしながら時間の経つのも忘れて見てまわり、閉館のベルが鳴ってもまだ全部は見終わっていなかった。残りは諦めて一階へ向かう広い階段を降りかけたとき、そこの案内人だろうか、制服を着た大男が階段の下からフランス語で何かを怒鳴った。

「ええ、もう出ますわ」

アンナがあわてて返事をした。

「あなたがた、○○は見ましたか？」

男はいっそう大きな声でまた怒鳴った。

「いいえ、まだですが……」

アンナが階段を降りながら言った。

「それじゃご案内しましょうか」

アンナはその声に足を止め、いきなり横にいるわたしの手を取った。

「い、いいえ、いいんです。もう迎えが来ますから」

アンナはまたあわててそう言った。初老くらいのその男はもう階段を上りかけている。

「すぐに済みますよ、ご案内しましょう」

男は言いながら、ゆるくカーブした階段をのっしのっしと上ってくる。

「いやあね、伶子、逃げましょうよ」

アンナは突然向きを変えると、わたしの手を握りかえて上へ向かって駆けだした。男は大股で上ってくる。

「伶子、急いで！　大変だわ」

わたしは何が大変なのかわからなかったが、とにかく一緒に駆けだした。アンナはわたしの手を痛いほど握りしめて放さない。顔を真っ赤にして手をぐいぐい引っ張りながら息せき切って走って行く。どういうわけか男のほうもそんなわたしたちを追いかけてくる。わたしは驚いてアンナに劣らず怖くなった。わたしたちはあたふたと逃げまわったあげく、別の階段を見つけて駆け下りた。手を握りあったまま、後ろも見ずに出口に向かって走った。出口まで来て振り返ると、もう男はいなかった。

アンナはハアハアあえぎながらまだ不安そうに奥のほうを覗いている。誰もいないのを確かめると、初めて気がついたように、握っていた手を放した。アンナの掌もわたしの手も赤くしわくちゃになって、汗でじっとり濡れていた。

「とんだ目に遭ったわね。ほんとに憎らしいわ、あの男！」

アンナはやっと安心したらしく、紅潮した顔をわたしに向けて笑ってみせた。

外へ出るとパオロの車が待っていた。アンナは車に乗るとさっそく今の「事件」を早口でパオロに伝えた。助かったのが奇蹟みたいに思えたのか、興奮はなかなか鎮まらず、ときおりわたしのほうを向いては、「ねえ、伶子」と相づちを求めた。

この降って湧いたようなわずか数分の出来事は、わたしの心に強烈な印象を残した。わたしの手を握って必死に逃げたアンナの姿は、消えない刻印になってわたしの心に深く刻まれた。

翌日はわたしが夜行でイタリアへ発つ日だった。夕食が終わると、アンナは後片づけもそこそこに居間に戻ってきた。わたしの出発までにもう二時間ほどしかないから、一分でも一緒にいてくれようと思っているらしかった。

「そうだわ、伶子に結婚式の写真を見てもらいましょうよ」

アンナはいいことを思いついたようにはずんだ声でそう言うと、パオロに笑いかけながら腰を上げた。

「うん、そうだね」

パオロは一瞬とまどったような表情を浮かべた。寝室へ消えたアンナは、厚めのアルバムを三冊抱えて居間に戻り、わたしの隣に座った。

「もう何年になるかしらね、結婚してから」

アンナがアルバムを開いて見せながら言った。

「そろそろ二十年になるだろう」パオロが葉巻を吸いながら穏やかに答えた。アルバムのなかには楚々とした初々しい花嫁がいた。隣のパオロの髪もつややかで、端正な顔が喜びに輝いている。まるで幸せの写し絵のような写真だった。

パオロはつとめて明るい表情をしていたけれど、口数は少なかった。アンナのほうはアルバムのページをめくりながら、遠い日を懐かしむように楽しげにおしゃべりをした。

息子たちは健《すこ》やかに成長し、夫も学者として優れた業績を上げている。彼らにかこまれた平凡な日々。けれどもアンナは本当に幸せなのだろうか。わたしはアンナのおしゃべりに耳を傾けながら、心の内を覗《のぞ》いてみたかった。

家を出たのは十一時少し前だった。駅は夏休みで旅に出る若者や家族連れでごった返していた。ホームに出ると真夏とは思えないほど冷たい風が吹き抜けていた。

十一時半をまわったころ、ローマ行きの電車が入ってきた。アムステルダム発の電車はすでに満員に近かった。パオロがスーツケースを運び入れ、アンナとわたしがそのあとに続いた。

わたしの寝台は七番コンパートメントの下の段だった。わたしはふたりを送ってデッキまで引き返した。それから自分のコンパートメントへ行くために細い通路を戻りかけた。そのときふいに後ろから誰かに両肩を抱かれた。振り向くと、今しがた外へ出たはずのパオロがいた。パオロはわたしを抱きしめて、短いけれどすべてを込めた口づけをした。

「さよなら伶子、来年は日本でね」

わたしが返事をするまもなく、パオロの姿はたちまち消えた。コンパートメントに戻って窓ぎわの席から外を覗くと、パオロはすでにアンナと並んで立っていた。パオロの片方の手が優しくアンナの肩を抱いている。やがてその手が静かにすべり、腰のあたりで止まってアンナを抱き寄せた。それはどこから見ても、友人を見送りに来た仲むつまじいカップルだった。

まもなくカタリと音がして、電車が動きだした。ホームの向こうでふいに子どもの泣き声がした。パオロとアンナが手を振っていた。わたしも夢中で振り返した。ホームに立つふたりの姿がひとつになってしだいに遠ざかり、闇のなかに消えていった。

闇夜のなかにそこだけ明るく蜃気楼のように浮かんでいたブリュッセルの町もやがて視界から消え、窓の外は漆黒の闇になった。わたしは窓に顔を寄せたまま、深いため息をついた。パオロと別れた悲しみは大きかったけれど、ほっとしたのも事実だった。

わたしは窓から目を離した。アンナが作ってくれた弁当に気がついて、包みをあけてみた。チーズをはさんだフランスパンとバナナが一本入っている。それはいかにもアンナらしい弁当だった。無造作で大まかで、それでいてふっくらした温かさがこもっていた。

パオロと過ごしたのはたったの三日だったのに、別れは思ったよりつらかった。しかしわたしをそれ以上に打ちのめしたのは、アンナの優しさだった。

パオロは魅力ある男で、恋人としては申し分ない。和夫と違って、わたしを女にし、わたし自身にしてくれる。しかしその同じパオロが、ひとりの妻としてのわたしの目には、夫として落第に見えた。自分の妻に、ほかならぬ恋人の世話をさせるなんて。アンナはわたしが夫の恋人であることも知らずに、嬉々として町を案内し、おいしい食事を作ってくれた。そんなアンナの善意に、ふたりして乗っかるなんて、していいわけがない。

わたしはわたしの身体を愛撫したパオロの手のぬくもりと、博物館でわたしの手をしっかり握って放さなかったアンナの手のぬくもりの、両方にはさまれて困惑した。考えるうちに頭がなおさら冴えてきて眠りはますます遠のき、その夜はほとんど眠れなかった。

ミラノに着いたのは翌日のお昼ごろだった。ミラノでは、学生時代にお世話になったソフィア・カルボーネさんのお宅を訪ねることになっていた。わたしが「イタリアのママ」と呼んでいたソフィア夫人は、夫のアルドを十年前に五十代半ばでなくし、ひとり息子のルイージが結婚したあと、駅に近いファルネーティ通りの広いアパートメントにひとり住まいをしていた。

アパートは十五年前と少しも変わっていなかった。着いたときに出迎えてくれたのは用事で出かけていたソフィア夫人ではなくて、長年家事手伝いをしていたレナータだった。以前は娘のように若かったレナータが、もう中年のおばさんになっていた。

わたしは夕食のあと、パオロに手紙を書いた。


――パオロ、わたしはブリュッセルに心を置き忘れてきてしまいました。あなたとの別れがこれほどつらいとは想像もしていませんでした。今のわたしには、外界のものごとが幻にしか映りません。

わたしはもしかしたら、あなたをお訪ねしないほうがよかったのかもしれません。お宅へ伺ったために、あなたの奥様を知ってしまいました。アンナはなんていい方でしょう。あんな方を裏切るなんて！

パオロ、わたしたちは別れるべきなのです。別れなければいけないのです。でもそんなことは不可能です。このままあなたにお会いしないで終わるなんて、そんなことはどうしたってできません。

わたしはまるで不治の病にかかってしまったみたいです。あなたを愛することがあのアンナを裏切ることになるなんて、そんな残酷な話があるでしょうか。

八月三日　ミラノにて

翌朝わたしはミラノをあとにし、それから二十日ばかり懐かしい街々や友人たちを再訪した。

日が経つにつれて、胸をふさいでいた悲哀感は薄れていった。

ミラノに戻った八月の末に、コモ湖を見ながらスイスに入った。スイスではグローリアが待っていた。彼女とロカルノの湖畔で夕食を済ませたあと、川べりの道を車で一時間ほど走り、グローリアの住むカヴェルニョの山里に着いた。

通された部屋でわたしが着替えをしていると、下からグローリアが大声で言った。

「ねえ、あなた宛に手紙が来ていたわ。ブリュッセルからよ」

わたしの胸がにわかに高鳴った。

「いま行くわ、ちょっと待って」

わたしは急いで着替えを済ませると、階段を駆け下りた。グローリアの手から茶色の封筒を受けとると、ありがとうだけ言ってフルスピードで三階へ戻った。逸《はや》る心で厚手の封筒をあけると、見慣れた繊細なアルファベットが便箋の上に連なっていた。


――伶子、僕らは昨日オランダから帰ってきました。君の手紙が着いているかもしれないと思って、今日さっそくこの研究室に来てみました。思ったとおり、君の手紙はここで僕を半月も待っていてくれたのです。

今の僕には、目を閉じれば幻でない本物の君の姿が鮮やかに浮かんできます。どこに行っても君が見えるのです。研究室にも、車の助手席にも、居間のソファにも、それから〈ふたりの部屋〉だったあの緑深い森にも。僕の手のなかには君のかたちとぬくもりがまだそのまま残っています。

帰りはブリュッセルからは発てないのですか？　君はまだヨーロッパにいるというのに、このまま会わずに帰してしまうなんて、そんなことは考えただけで耐えられない。アンナがいなかったら、家族がなかったら、すぐにでも君のところへ飛んでいけるのに！

君の言うとおり、アンナは優しい善良な女性です。でも残念ながら、魂の深いところで触れあうことは不可能なのです。君が現れるまで、僕はもうそういう触れあいは諦めていました。ところが君が、僕の知らなかった豊かな世界への扉をあけてくれたのです。君みたいな女性とこんなに深い関係が結べるなんて、夢にも思っていませんでした。

僕らは別れる必要などありません。これは僕らの小さいけれど大切な秘密で、誰をも傷つけるものではありません。君がいてくれれば、きびしい現実を生きていく勇気も湧いてきます。僕らみたいな関係がざらにあると思いますか？　これは大事な宝物です。僕は失いたくありません。

別離の悲しみは時とともに消えてゆきます。それよりも、また会う日が来るのを楽しみにしてゆきましょう。僕はいつでも君の傍らにいます。

八月二十日　ブリュッセルにて

わたしは手紙を封筒に収めると、窓の外に目を移した。静けさのなかにせわしげな川のせせらぎだけが聞こえてくる。恋というものは、幸せのときより苦しみのときのほうがずっと長いものなのだろう。

次の日、朝食のテーブルについていたとき、グローリアがさりげなく言った。

「伶子、日本に電話をしておきなさいよ。明後日に着くって知らせておいたら？」

グローリアは言いながら立ちあがった。受話器を取って、番号は？　と訊いた。わたしは彼女から受話器を受けとりながら、日本はもう三時ごろだろうと思った。電話に出たのは理恵だった。明日チューリッヒから東京に向かうと言うわたしに、理恵が甘えるように言った。

「ほんとに帰ってくるの、ママ？　早く帰ってよ。いつまで経っても帰らないんだもの」

その言葉に、わたしは一瞬にして自分が今何をしているのかに気がついた。ヨーロッパに来てからは、日本のことはほとんど忘れていたのだ。そんなわたしを理恵の言葉はいっぺんに母親に戻した。ふたりの子どもたちへの思いが胸を締めつけた。一分でも早く帰って顔を見たかった。

翌朝わたしは、ヨーロッパに思いを残したままチューリッヒを発った。南まわりのスイス航空機三〇四便がアテネを過ぎ、ボンベイ、バンコックを経由していくうちに、ヨーロッパは意識のなかでもたちまち遠のいた。パオロはふたたび地球の反対側の人になり、入れ替わりに日本での暮らしの感覚が戻ってきた。子どもたちに会えることが何よりもうれしかった。

翌日の夜八時過ぎ、飛行機は三十分遅れて成田に着いた。透明な自動ドアの向こうに子どもたちの姿が見えた。その後ろで香代がにこにこと笑っている。ドアを通り抜けると、ふたりがまぶしそうにわたしを見あげた。

「ママ、お帰りなさい！」

理恵が真っ先にそう言った。洋一は久しぶりに見る母親を前にして照れていた。わたしはふたりに頬ずりをしたかった。でもそんなことをすれば涙があふれてくるにちがいなかった。込みあげる思いを胸に、わたしはふたりの頭をなでた。

「パパは？」

「今、おじいちゃんに電話をかけに行ってるの。早く無事を知らせたいって」香代が言った。

わたしは和夫がいないことでほっとした。もしそこでわたしを待ちわびる夫の姿を目にしたら、どんな気持ちがしただろう。和夫はいつも肝心なときにいなかった。わたしにお帰りを言うより先に、父親に電話をしに行った。でも今度ばかりはそうしてくれて助かった。

「無事でよかったわ」

出口へ向かいながら香代がほっとしたようにそう言った。その短い言葉には、一カ月の重責を果たした安堵感がこもっていた。わたしは黙って目を伏せた。夫によりも、夫の両親に対して心の痛みを感じた。

横浜に帰ってから、わたしはパオロにお礼の電話をかけた。電話にはアンナも出た。

「伶子、またぜひいらっしゃいね。今度はイタリアで会えるから、あちこち案内できるわ。わたしたちってほんとに気が合うみたいね」アンナは屈託のない口調でそう言った。

親しみのこもったその言葉に、ブリュッセルでの日々が蘇り、あのときの胸の痛みがふたたび疼《うず》いた。ブリュッセルに滞在中、アンナはわたしを疑うどころか、快く受け入れてくれたのだ。博物館ではわたしの手をしっかりつかんで放さなかった。そのぬくもりをふたたび感じながら、わたしは自分を醜いと思った。

旅行の後片づけを一週間ほどで終えると、パオロに手紙を書いた。


――ブリュッセルでの思い出の写真が届きました。写真にある森はわたしたちが実際に見た森と少し違うようです。カラー写真には、あの森の深さや優しさまでは表せないのでしょうか。わたしたちの森は、ふたりの心のなかだけにあるということなのかもしれません。

ヨーロッパから帰って初めての夜、和夫は待ちかねたようにわたしの身体を求めてきました。わたしは彼に身を任せながら、無性に悲しくなりました。心の結びつきのないセックスというのはなんと冷え冷えしたものでしょう。わたしは今、精神と肉体が分裂してしまったような、恐ろしい気持ちを抱えています。

パオロ、わたしはアンナにお会いしてから、彼女のことが頭から離れなくなりました。わたしたちの愛が深まれば深まるほど、それだけ深くあのアンナを裏切っているかと思うと、耐えられなくなります。わたしはあなたを愛しています。そのあなたに、アンナのほうを深く愛してくださいと、叫ばずにはいられなくなるのです。

あなたもわたしも、結婚したのが間違いでした。誰かほかの人と結婚していたとしても、幸せだったとは思えません。わたしたちの不幸はわたしたち自身の内部にあるのですから。それを知らずに結婚してしまったために、自分自身だけでなく、相手まで不幸にする結果を招いてしまいました。あなたとわたしが結婚しても同じことです。わたしたちはきっと、自由にしか愛しあえない人間なのでしょう。

――伶子、和夫君とのまじわりが苦痛だなんて、そんなことはもう二度と言わないでくれないか。君は僕にすべてを与えすべてを許しながら、夫である和夫君には抜け殻しか与えようとしていない。そんなひどい話がありますか。頼むから彼を快く受け入れてあげてください。君はもっと他人のことを考えるべきです。君の頭には自分しかいないのです。君のなかには火のような情熱があり、君はその目で大きなものしか見ようとしない。小さなものをないがしろにしているのです。もう少し日常的なものごとに目を向けてください。君は和夫君の妻なのです。

アンナはたしかに人がよいし、主婦としては申し分ありません。でも僕が求めていたのは家政婦ではなく、よき伴侶なのです。アンナが僕に示す愛は、洗濯したてのアイロンのかかったシャツを渡してくれるような、朝のコーヒーを用意するような、日常的で散文的な愛です。

アンナは音楽も文学も教養ある対話も必要としません。コンサートにも演劇にも無関心です。この二十年あまり、本らしい本はまったく読んだことがないでしょう。アンナは君が持っている豊かな資質を、ほとんど持っていないのです。でも僕は彼女を愛そうと努めています。たとえそれが、ほとばしるような、火と燃えるような感情にはほど遠く、残り火と言いたいようなものであるにしても。

じつを言うと、アンナは僕より息子たちを愛しています。僕にはそれがよくわかるので、やりきれない気持ちになります。息子たちは父親の僕に対してまるで他人のようで、そのことが僕をひどく苦しめています。妻にも子どもたちにも愛されない男は、家のなかでどう暮らしていけばいいのでしょうか。

僕はそんな日常から逃れるために、いつからかひとりだけの夢想を楽しむようになりました。アンナとするはずの会話を、夢想のなかの女性としていたのです。その女性があるときふいに、思いもかけず、君という現実の女性になって現れたのです。きみはたちまち僕の夢になりました。

伶子、僕らはふたたび会えるのです。そのときには、悔いのないように愛しあいましょう。

残された人生を支えるに十分なほど深く愛しあいましょう。そしてそのあとは、僕らの伴侶のために、もっぱら精神の領域でまじわることにしましょう。僕は君が、僕らの恋を通して人を愛する喜びをふたたび取り戻してくれるよう願っています。そのために和夫君との仲がよくなれば、これほどうれしいことはありません。僕にはときおり、君たちの仲を取り持つために神が僕を遣わしたようにさえ思えるのです。

――パオロ、わたしも和夫にはできるだけ温かく接するつもりです。でも、わたしたちの仲を改善するために神があなたを遣わしたなんて、そんなふうには考えないでください。夫婦仲をよくするために妻に恋人を与える神様なんてどこにいるでしょうか。

わたしはふたりの恋が何かの役に立っているなんて考えるのはとてもいやなのです。わたしたちは他人のためではなく、自分自身のために愛しあっているのではありませんか？　わたしたちの愛はわたしたちふたりにしか善ではあり得ません。だからこそひた隠しにしているのです。愛し続けるためには、周囲の人たちを裏切り続けるしかないからです。

わたしは自分の行為を正当化しようとは思いません。他人にとって悪以外の何ものでもないことはわかっています。でももし誰かがわたしを責めたら、わたしはその人に言いましょう。あなたにはあなたらしい人生がありますか。今の人生は演技に過ぎないことを知りながら、自分をごまかしているだけなのではありませんかと。

もしわたしたちの関係がたんなる愛人同士の平凡なものになってしまったら、いつの日かきっと破綻してしまうでしょう。それを避けるために、あなたとの関係を通して絶えず成長していきたいと思っています。わたしは今、少しずつ生まれ変わっているような気さえしているのです。

一九七八年十二月一日

第五章　日本での再会　一九七九年

わたしがイタリアへ行った翌年の五月に、今度はパオロが日本へ来た。その日は空がかっと晴れて、梅雨の前触れのように蒸し暑かった。

パオロが乗るサベナ機は、午後二時七分に成田空港に着くはずだった。そのあとリムジンカーで羽田まで来る彼をわたしが迎えることになっていて、おそらく家族も一緒に行くとパオロには伝えてあった。

その日は土曜日で、和夫は会社が休みだった。和夫はナタリアが来たときのように、また英会話の練習ができると張りきっていた。けれどもわたしのほうは複雑な気持ちだった。何も知らない夫に自分の恋人の世話をさせるなんて、結局わたしだって、パオロがアンナにしたのと同じことをしているわけではないか。和夫には日ごろから不満が多くても、そのときは自分の行為をやましいと感じる気持ちをぬぐえなかった。

近所の仲間と遊んでいるという洋一を家に残して、わたしたちは三時ごろに家を出た。羽田に着いたときには四時を少しまわっていた。駐車場に車を入れてから、リムジンの停車場のほうへ向かった。日なかの暑さはいくらかやわらいで、海からの風が心地よかった。

まもなく着いたリムジンから降りてきたパオロは、薄茶色のスーツを着て、手にも茶色のセカンドを持っていた。パオロはわたしの姿を認めると、ぱっと顔を輝かせて両手を大きく広げてみせた。わたしのそばまで来ると、スーツケースを下に置いて、手を取って口づけをした。すると彼は隣にいた理恵が、まぶしそうな目に遠慮がちな笑みを浮かべてパオロを見あげた。パオロの淡い藍理恵と同じ高さにまでしゃがみ、彼女の両手を大きな手で包んでほほえんだ。パオロの淡い藍色の瞳を目の前にした理恵は、上気した顔をわたしのほうへ向けて照れ笑いをした。

パオロはゆっくり立ちあがると、今度は後ろにいた和夫と握手をした。ふたりの男の背丈はほとんど同じで、パオロのほうがいくらか細めだった。ふたりの出会いは初めてだったのに、まるでもう気心の知れた友達同士のようななごやかさだった。

駐車場に向かうあいだ、ふたりの男は話しながら理恵とわたしの前を歩いた。車のところまで来ると、パオロは理恵の手を取って車に乗せた。ヨーロッパの男たちのしなやかさだった。理恵とわたしが後ろに座り、助手席にパオロが座ると、車は走りだした。パオロが誰だかわたしに思いださせたのは、動きはじめてまもなく、彼が斜め後ろのわたしにまじめな視線を送った一瞬だけだった。

家に着いたのは六時少し前だった。パオロは玄関を入ると、恐る恐る靴を脱いだ。ぎこちなく靴をスリッパに履き替え、和室に入るときにもかしこまってスリッパを脱いだ。まるでひとつひとつの動作をわざと大げさにして楽しんでいるみたいだった。

　パオロは家族のひとりひとりにお土産を持ってきた。和夫にはネクタイ、わたしにはバッハのレコードとハンドバッグ、洋一には万年筆とボールペンのセット、理恵には人形を。久しぶりに外国からの客を迎えて、夕食は賑やかになった。日本人が誰でもするように、その夜はわたしもすき焼きでパオロをもてなした。生卵はいやがるだろうと思ったけれど、パオロはぎこちない手つきで卵のなかに焼きたての肉を浸した。

　夕食が終わると、今度は数学のクイズが始まった。パオロは小学生の子どもたちに珍しい問題を次々と出しては考えこませた。パオロは遊びはじめるとまさに子どものようになった。わたしは伝記にあった数学者たちを思いだし、数学者というのは実際こんな子どもみたいな人たちなのだろうと思った。

　翌日の日曜日も空は真っ青に晴れていた。パオロが来る前日までぐずついていた空が来た日から晴天になり、それから帰るまでずっといい天気だった。その時期にしては珍しいほどの日和だった。その日は鎌倉を案内した。和夫は七歳年上のパオロと意外なほど気が合うようで、初めて会ったような気がしないと、わたしにしきりに言っていた。わたしはそれを聞きながら、奇妙な気分を味わった。

その日も我が家に泊まったパオロとわたしがふたりきりになったのは、和夫と子どもたちを会社と学校へ送りだした月曜日の朝だった。わたしは食事の後片づけや掃除や洗濯があったから、パオロにはコーヒーを淹《い》れたまま居間にひとりにしておいた。

でもやっぱりそんなわけにはいかなかった。わたしが洗濯物を脱水槽に移しかえていると、しびれを切らしたのか、パオロが洗面所に入ってきた。

「ちょっと待っててね」

わたしはパオロに笑いかけた。パオロにはそんなわたしが信じられなかったらしい。地球の向こう側からはるばる来たのに、恋人のほうは掃除や洗濯に夢中になっているなんて！

「君、口づけしてくれないか」

振り向くと、パオロはこわいほど真剣な表情をしている。わたしはエプロンで手を拭いて、パオロのほうへ向き直った。パオロはいきなりわたしを抱き寄せて、はげしい接吻の雨を降らせた。わたしの脳裏にブリュッセルの駅での一瞬がにわかによみがえった。あいだに横たわっていた一年の歳月はたちまち消えて、わたしは一年前のわたしに返った。エプロンをはずすと、パオロを促して二階への階段を上った。

寝室のドアをあけると、レースのカーテンを通して明るい五月の陽光が部屋に差し、背の高い庭の木々が窓ガラスに映えて淡い模様を描いていた。わたしはダブルベッドのローズ色のカバーをはずすと、パオロの目を見つめたままブラウスとジーパンを脱いだ。パオロはわたしのしぐさを息もしないで見守っていた。わたしはベッドに身を横たえた。パオロが隣に入ってきた。

わたしたちのまじわりはぎこちなかった。ふたりとも初めてのように緊張した。そしてふたりで笑いあった。でもそのぎこちないセックスには本物の味があった。愛する人とセックスをしているという、快い自信があった。

ふと気がつくと、わたしたちがいるのはまぎれもない〈ふたりの部屋〉だった。パオロが来るまでわたしの頭をずっと占めていた不安は、跡かたもなく消え失せていた。それまでわたしをがんじがらめにしていた〈家〉も、わたしの内部で一瞬にして崩壊していた。

わたしは幸せだった。幸せってこんなものだったのだ。ほんの一瞬しかなくて、そしてその一瞬には、今死んでも悔いはないと、本気で思えるようなものなのだ。人は幸福の絶頂で死を思うと言うけれど、それは嘘ではなかったのだ。

あたしはおそらく今、人生のクライマックスを生きているのだ。わたしは精神の深いところでそう実感した。

「伶子、今の僕らは正気じゃないよ。正気でこんなこと、できるもんじゃない」

パオロが窓からわたしのほうへ目を移しながら言った。

「ええ、わたしもそう思う」

わたしはパオロの胸の、もしゃもしゃの黄色い毛をもてあそびながらそう言った。

その夜ベッドに入ると、パオロのコロンの残り香に気がついた。その香りはかなりはっきりと感じられたから、パオロがいたほうに寝ている夫にはさらに明らかなはずだった。でもその夜も飲んで帰って家でも重ねて飲んでいた夫は、香りになど気がつく間もないように、ベッドに入ると同時にいびきをかきはじめた。翌朝も気づいた気配はなかった。

パオロは、車で十数分行った海辺にあるヨーロッパ風のホテルに移っていた。

わたしは毎朝家事を済ませると、パオロの待つホテルに向かった。フロントの右側にあるエレベーターで七階まで上り、左に折れて五つ目のドアをノックするのが、それから週末までの日課になった。パオロはたいてい英字新聞を読みながら待っていた。窓の外には海が広がり、水の色は灰色で、パオロは日本の海はみんなこんな色なのかとわたしに訊いた。

でもそのホテルの部屋は灰色どころか、ふいに現れたふたりの別世界だった。パオロはわたしにすべてを忘れさせ、わたしは忘我のなかでパオロを愛した。ふたりは陶酔から覚めると、下へ降りて海辺を散歩した。それから食事を楽しんだあと、ふたり一緒に家へ戻った。

パオロは子どもたちが学校から帰ってくると〈おもしろいおじさま〉になり、夜に和夫が帰宅すると〈よき友人〉に変身した。その変わり身はみごとだったから、和夫はまたとない友達ができたと喜んでいた。けれどもパオロには、そんな和夫の人の良さがしだいに重荷になりだしたようだった。和夫の快活さは近づくものすべてを受け入れて拒否しない。さすがのパオロも、恋人と友人の二役の使い分けに気がとがめたのだろう。ある日わたしにぽつりと言った。

「和夫君はじつにいい人だ。そんな彼を裏切っているかと思うと、胸が苦しくなってくる。目を合わせるのがつらくなってきた」

それはブリュッセルでわたしがアンナに抱いた感情そのものだった。わたしたちが自分の夫や妻には鈍感で、相手の連れあいには後ろめたさを募らせたのは、同性の立場のほうがはるかにわかりやすかったからにちがいない。

パオロが来て一週間が過ぎた土曜日、わたしたちは弟の哲郎一家を誘って箱根へ一泊旅行に出かけた。哲郎夫婦には娘の妙子《たえこ》も生まれていたから、総勢九人、車二台のにぎやかな旅になった。

宿は湖に近い旅館で、ツツジが咲き誇る庭が湖畔まで延び、部屋の前には池があって、鯉が真下に群がってきた。パオロの部屋はほかの二部屋と斜《はす》につながる角部屋だった。

食事は七時ごろに始まった。パオロは湯あがりに生まれて初めて浴衣を着てご機嫌だった。日本式の座り方は苦手らしく、どうにかこうにかあぐらをかいた。運ばれてくる料理の器をもの珍しそうに眺め、料理の名をひとつひとつ神妙に尋ねた。日本酒は口に合わないようで、次々に徳利を空ける和夫と哲郎に感心していた。

九時をまわったころ、宿の人が布団を敷きにきた。わたしたちは席を立って、パオロの部屋のほうへ移った。子どもたちも集まって、歌を歌ったりゲームをしたりして楽しんだ。パオロはわずかのビールに酔ったのか、顔をほてらせていた。

そのうちに輝彦が眠いと言いだした。圭子が輝彦と妙子を連れて部屋へ引きあげ、わたしも子どもたちと部屋へ戻った。ふたりとも床に入ってもすぐには眠りそうもなかった。わたしはふたりを部屋に残したまま、パオロの部屋へ引き返した。部屋にはパオロと和夫しかいなかった。

「哲郎君はトイレへ行くと言ってたよ。僕も行きたいんだ。ちょっと失礼していいかな」

和夫は、ふらふらと立ちあがって出ていった。部屋にはふたりだけになった。

「伶子、どうしてみんな、こんなに親切なんだ」

パオロが訴えるような目を向けた。

「和夫君だけじゃない。君の子どもたちや哲郎君の家族まで、まるでむかしからの友達みたいだ。僕は胸が締めつけられるようだよ。僕らはなんてひどい人間なんだ」

パオロは肩を落としてそう言った。わたしはそのとき、まったく別のことを考えていた。それはふたりだけになった瞬間に、なんの用意もなく、出し抜けに浮かんだ想念だった。

「ええ、そう、ほんとにひどいわ、わたしたちって……。ねえパオロ、今こんなこと言うのも変だけど、わたしね、みんなが寝たらここへ来るわ」

わたしはそう言ってパオロの目をまともに見つめた。パオロはいぶかるような表情をした。

「今なんて言ったの？」

「もしかしたらね、できたらね、わたし、あなたのところへ来るわ」

パオロはあきれたような顔をした。

「本気かい？　君がそのつもりなら、僕は待ってる」

パオロは真顔でそう言った。そのとき、二間続きの向こうのドアをノックする音が聞こえた。圭子だった。

「哲郎ももう寝ちゃったわ。トイレに行ったあと、よほど眠かったらしくて、すぐに床に入ってしまったの」

圭子はそう言って笑った。和夫も戻ってきた。時計はもう十一時をまわっていた。わたしたちは縁側に出て籐の椅子に腰かけ、しばらく夜空を眺めていた。空はすっかり晴れて、星が一面を覆っていた。

まもなくわたしたちはパオロの部屋を引きあげた。部屋の奥にぽつんとひとり分の床が敷いてあった。

わたしは和夫と並んで布団に入った。子どもたちはもう寝息をたてている。和夫も五分もしないうちにいびきをかきはじめるだろう。わたしはそれを待っていた。あたりはしんと静まりかえっている。筧《かけひ》から水のしたたる音だけが快く聞こえてくる。和夫の寝息は聞こえない。いびきも聞こえない。遠くで雷が鳴ったような気がした。

わたしは身じろぎもしないで薄暗い天井に目をこらしていた。遠雷が間を置いて鳴っている。

そのうちに稲妻が壁の一隅を明るく照らし、雷鳴がにわかに近づいた。それに応えるように隣の和夫が低いいびきをかきはじめた。

この雷で和夫が目を覚ますかもしれない。あるいは洋一か理恵のほうが……。不安はあったけれどわたしの気持ちは変わらなかった。夫の隣にいながら、気持ちはすでにパオロの傍らにいた。わたしはそっと布団を抜けだした。床に入ってからどのくらい時間が経ったのだろう。パオロはまだ起きているだろうか。

わたしは足音を忍ばせてふすまをあけ、次の間を抜けてドアをあけた。音をたてずにドアを閉めると、今度はパオロの部屋のノブをまわした。ドアは素直にあいた。それを後ろ手に閉めて奥へ通じるふすまをあけた。稲妻が真昼のように部屋を照らし、雷鳴がうなっていた。

パオロは布団に入っている。わたしはそっと近づくと、枕もとに膝をついて上から顔を覗きこんだ。静かな寝息が聞こえる。やはり眠っていたのだ。左の頬に軽く唇をあててみた。頬がぴくりと動き、寝息が止まった。次の瞬間、パオロはがばと布団をはねのけた。

「君は本当に来たのか」

パオロは信じられないという表情でわたしを見た。

「さっきの言葉は冗談だろうと思った。しばらく待っていたんだが、知らない間に眠ってしまった。済まない」

パオロは薄暗がりのなかでそうつぶやいた。

わたしの身体は闇を照らす一瞬の光に白く浮きあがってはまた沈んだ。真上で轟《とどろ》く雷の音と光がわたしを酔わせた。そのまじわりは、朝の光の降りそそぐ部屋でのまじわりとはまったく違う、禁断の木の実だけが持つたとえようのない芳香を持っていた。

何分が過ぎたのだろうか。わたしは浴衣を着て乱れた髪を直した。パオロは布団の上に座ったまま、茫然としてわたしのしぐさを眺めていた。

「伶子、僕は今夜のことを一生忘れない」

パオロはかすれた声でそう言った。わたしはそれには応えずに、彼の唇にそっと唇を重ねた。パオロの手がやわらかくわたしの身体を支えた。

「ありがとう」

パオロがため息のように言った。わたしは彼をそこに残したまま、ふすまをあけ、外へ出るドアをあけた。それと同時に雷鳴が頭上ではじけ、大粒の雨が降りだした。

わたしは隣の部屋のドアをあけた。気持ちはしんと落ち着いていた。ふすまをあけた。向こうに和夫の安らかな寝顔が見える。子どもたちも布団をはねのけて眠りこけている。わたしは夫の隣の空の布団に忍びこんだ。

雨脚が速くなった。粗い雨粒がガラス戸を打っている。雷のくぐもったような音が聞こえた。

わたしは床のなかで考えた。これはもしかしたら天意というものかもしれない。この嵐はふたりの激情への共鳴なのだ。今のわたしには理性のかけらもない。パオロが言うように、正気でこんなことができるものではない。何か得体の知れない力がわたしを後ろから押しているのだ。だからわたしの気持ちはこんなにも平静なのだ。わたしにはすべてを運命に任せる覚悟ができている。あるいはわたしの精神がもう正常でなくなっているのだろうか。

いつ眠ったのだろう。気がつくと障子にやわらかな陽が差し、筧の水が池に落ちるちょろちょろという音がしていた。傍らの夫はまだ眠っている。数時間前の出来事がまるで嘘のようだった。

まもなく子どもたちが目を覚まし、和夫も目を覚ました。

「ゆうべの雷、すごかったわねえ」

わたしはさもびっくりしたように言った。

「へえ、雷が鳴ったのかい?」

和夫は大きなあくびをしながら返事をした。

「あんなにひどかったのに、全然知らなかったの?」

「ああ、気がつかなかった」

和夫はけろりとしている。

「だいいち、寝るときには空に星が出てたんだし、今朝だってこのとおりの快晴だ。雷が鳴ったなんて、君、寝ぼけていたんだろう」

和夫はそう言ってアハハと笑った。わたしは自分の頭のほうを疑った。昨夜のことは、あれは本当に錯覚だったのだろうか。妄想だったのだろうか。いやそんなはずは絶対にない。わたしは軽いめまいを覚えた。

八時ごろに朝食を取り、宿を出てロープウエーに乗った。駒ヶ岳の頂上は空気がひんやりして寒いくらいだった。遠くでかすかに雷が鳴った。昨夜の出来事はやはり幻想ではなかったのだ。

パオロはおみやげ屋で絵はがきを買った。そのなかに、富士山の清楚な姿が湖に映っている一枚があった。パオロはそれをわたしに見せながら言った。

「伶子、覚えていてくれたまえ。この湖は君で、君のなかにはいつも僕が映り、僕は君に抱かれて安らぎを覚える。僕らは遠く離れていても、この山と湖のように、いつもおたがいのなかに生きているんだ」

それはパオロらしい言葉だった。詩情豊かなその言葉は、近ごろ過敏になっていたわたしの心に、ひときわ深く染み入った。

「昨夜のことを僕は一生忘れないよ。君の真心が初めて理解できたような気がした。じつにうれしかったよ」

店はバスで来たらしい高校生でいっぱいだった。外からはさんさんと陽が差している。パオロの言葉はひどく場違いな感じがした。

翌日の月曜日、パオロは京都への二泊三日の旅に発った。電車や旅館の予約はパオロが来る前に入れておいた。日本へ来るのはこれが最初で最後だろうと思っていたから、日本の古都ぐらい見ておいてほしかった。

パオロにはこの旅行もいい思い出になった。往きの電車で隣に座った若者と意気投合し、京都までが楽しかっただけでなく、泊まった旅館でもそこの娘と親しくなった。その少女は大学でスペイン語を勉強していて、パオロがイタリア人だと知ると、友達になりたがった。彼女はスペイン語でパオロと話しながら、いろんなところへ案内してくれた。旅館の主人夫婦までがパオロを娘のスペイン語の先生のように扱い、じつに親切にもてなしてくれたそうだ。パオロはおみやげにぽっくりまでもらってきた。

パオロが京都に発った日の朝、たまたま洋一が熱を出した。熱はその日に退いてしまったけれど、次の日も休ませることにした。その日は洋一のクラスの懇談会があった。わたしは気楽な母親に戻って学校へ行った。

懇談会のテーマは〈芝生の手入れとカーテンの洗濯〉だった。そのテーマは、当時のわたしの心の内とはあまりにもかけ離れていた。その両方を同時に生きていることが信じがたかった。わたしは窓際の席に座りながら、放心したように外を眺めていた。

「それではこのテーマはここまでにして、次に移ります」

司会をしているセコちゃんのお母さんのよく通る声が、ふいにわたしの想念を破った。時計を見るともう三時半だった。洋一と理恵は何をしているだろう。今夜のおかずは何にしようかな。わたしの想念は次第に現実を取り戻していった。

パオロが日本を発ったのは、京都から帰って二日後の金曜日だった。パオロが帰ってからの一週間あまり、わたしはふだんの自分を取り戻すことができなかった。まるで神経がむきだしになったようで、どうでもいいことに過敏に反応し、ささいなことに涙がこぼれた。心のなかがうつろで、悲しみだけがからからと音をたてていた。夜は悪夢にうなされて目を覚まし、いきなりがばっと起きあがった。たいていのことには目を覚まさない和夫が、わたしの状態をいぶかった。

「君、近ごろおかしいよ。夜中にうめいたり、すごい歯ぎしりをしたり」

和夫は朝起きるとそう言った。

「慣れないお客さんがしばらくいたから疲れが出たのよ。今に治るわ」

わたしはさりげなくそう言って和夫の言葉をかわした。しかしわたしの苦しみには、得体の知れない歓《よろこ》びがまじっていた。わたしは自分がまるで、この世ではない、どこか見たこともない世界をさまよっているような気がしていた。ふだんの感覚はなかなか戻ってこなかった。そんななかで、救いを求めるように手紙を書いた。

――パオロ、今あなたはどこにもいらっしゃらない。それはとても信じられないことです、あなたがふいに消えてしまったなんて。でも一方では、あなたが十日もここにいらしたことも、事実だったとは思えないのです。

あなたがいらっしゃる前日まで一週間ずっと天気が悪かったのが、あなたがいらした日からは晴天続きでした。こんなことはこの時期にはめったにありません。わたしたちの毎日はヴィヴァルディのコンチェルトのように生き生きしていて、じめじめしたところは一瞬もありませんでした。わたしたちは春の空に飛びかう二匹の蝶で、ふたりの出会いははかなく美しい、まさに一篇の詩でした。もしわたしが音楽家なら、きっと優雅な協奏曲を作るでしょう。

それにしてもわたしには、何ものかわからない力が、わたしたちの交わりを後押ししているような気がしてなりません。何もかもが不思議で、わたしたちは何かによって生かされ、ある軌道を歩むように操られているような気がします。

あなたが去ってから一週間が過ぎましたが、わたしの神経はどうかしてしまって、あなたのいらしたところや手を触れたものなど、何を見ても涙が出てきます。まるで天と地のあいだのどこかをさまよっているようで、浮遊霊にでもなったみたいです。こんなではとても生きてはいけません。わたしはもしかしたら病気なのでしょうか。ああパオロ、あなたは今どこにいるの？

それから二週間ほど経ったころ、パオロから手紙が着いた。

——伶子、僕らは別れるとき、もう狂気とは縁を切り、理性を取り戻そうと約束しました。でもその約束がいかに過酷なものであったか、今僕は身をもって感じています。僕は君を愛している。それが人を傷つける、とがめるべきことであることは百も承知しています。でもどうにもならないのです。どんなに理性で抑えようとしても、歯が立たないのです。これは一種の責め苦です。

僕らはなぜ二十年前に会わなかったのでしょう。タンタロスのように、地上のあらゆるよきものを足もとに見ながら、それを味わうことが禁じられているのです。

僕はまた来年、君に会いに行きたい。でも今度はひとりでは行けないでしょう。アンナを連れていくことになると思います。そうなればもう今回のように自由ではありません。でもそれは我慢してほしい。喉が渇いて泉に走り寄るものにとっては、ほんの数滴の水にもグラス一杯の価値があるのです。

君は箱根でなんという狂気を見せてくれたことだろう。こんな情熱は今まで見たこともありません。恋を知り染めた二十歳のころだって、こんなはげしさは知りませんでした。アンナは巣を作ることで満足する女性です。君のほうは生命のエッセンスを燃やす炎です。僕らの再会の日々は、君が言うように、まさに一篇の詩でした。こんな幸せを僕にくれて、伶子、ありがとう。

追伸　数日前に電話をかけたのですが、君がいなくて残念でした。理恵ちゃんから聞いたでしょう？

六月十九日　ブリュッセルにて

――あなたのお手紙は土曜日に着きました。和夫が家にいるときにです。

「伶子、パオロから手紙だよ。僕宛のもあるかい？」

和夫がそう言いました。彼はあなたと十日も一緒に過ごしたので、もうすっかり友達になった気分でいます。

「今ちょっと手が空けられないから、もう少し待っててちょうだい」

わたしはそんな曖昧な返事をしながら、心臓がどきどきしていました。今度のあなたのお手紙がそんな内容でないことは、十分わかっていたのですから。わたしは結局、書かれてもいないことをあたかもあなたからのメッセージのように、和夫に読んで聞かせたのです。

わたしたちが出会ったのは、おそらく今でよかったのです。二十年前に知りあっていたら幸福な夫婦になっていただろう、なんていうのは幻想にすぎません。むしろおたがいを傷つけあって、とっくに別れていたかもしれません。今知りあえたのはむしろ幸運だったと思っています。

来年はアンナといらっしゃるとのこと、今から楽しみにしています。アンナが一緒なのはかえって幸いです。行きすぎを制するブレーキになってくれるでしょうから。わたしはあなたにお会いできるだけで幸せです。


——用事があって一週間ばかりミラノへ行き、帰ったら君の手紙が着いていました。そのすぐあとに、〈家宛〉のも受けとりました。

まもなくイタリアへ戻る予定ですが、君は僕が知らせるまではブリュッセル宛に送ってください。秘密の手紙はここにいるあとわずかのあいだしか受け取れません。ミラノの大学に移ったらおそらく無理だろうと思います。なにしろまわりはイタリア人ばかりなのですから。でもそれは僕らにとってはむしろいいことかもしれません。情熱的な言葉を書き連ねていては、かえって陳腐《ちんぷ》で味気なくなるでしょう。残された時間を大切にしましょう。

帰国の準備の最中に、もう何年も読んでいなかった本を見つけました。君にそれを送ります。これはイタリアのある盲目の作家が書いた本です。本のなかにこんな文句があります。

「どんな情念のなかにも、一抹の天の匂いがあるものだ。どんなに清澄な愛のなかにも、一抹の地の匂いはあるものだ」

僕らはこれから天の匂いをさらに広げ、地の匂いを消していかなければなりません。もし何か僕に秘密の言葉を伝えたかったら、今すぐに手紙をください。もう時間がないのです。

——お手紙と本を落手しました。今半分ほどを読んだところです。作者は自分のために深く悩んだ体験を持ったら、それを越えて、次には他人のために悩むことを覚えなさいと言っています。まるでわたしたちのために書いた本みたいです。他人のために悩む人は高貴ですが、わたしはこれまでずっと自分のために悩んできたのですから、どこから見てもエゴイストです。

今まで読んだなかでいちばん印象的だったのは、「思い出が美しいのはそれが二度と戻らないからだ」という言葉です。わたしたちの愛の日々も、生涯のほんの一瞬のことであったから、だからこそこれからも美しい思い出として、いつまでも心を満たしてくれるでしょう。毎日、夕暮れのころ、犬と散歩に行きます。小高い丘の上から夕日の差す西の空を仰ぎ見ながら、あなたとお話をします。あなたの目が笑えばわたしも笑います。

今年は春に始めた百科事典の翻訳に没頭します。まだ半年くらいはかかりそうです。「生きるということは、自分をごまかしながら時間をつぶすことだ」と誰かが言いました。翻訳はわたしにとっては、自分をごまかしながら時間をつぶすための最良の道具です。

あなたとの心の文通ができなくなっても、あなたはいつもわたしの傍らにいます。

——これはブリュッセルからの最後の手紙です。

昨日の夕方、大学の帰りにソワーニュの森に寄ってみました。君が知っている道の手前で車を止めて、まっすぐな細道を歩いていきました。歩きながらロドリーゴのアダージョを聴きました。君にそのカセットを送ります。ちょうどアダージョのところにセットしておくから、目を閉じて耳を傾けてごらんなさい。あの日の緑の小径が見えてくるでしょう。

突きあたると道は左に折れ、そのまがりかどに古い栗の木の切り株があります。もう少し歩いて、枯れ葉の上に座りましょう。さあ君も座りたまえ、一年前のあの日のように。ここは〈僕らだけの小さな部屋〉だ。まわりには壁のかわりに果てしない緑がある。

アダージョが終わる少し前に短い休止があって、それからあとはもうギターではなく、歓喜に満ちたオーケストラの爆発です。歓びと苦悩の、素朴さと荘厳さの溶けあった雄大な詩に、君は息を呑むことでしょう。

ブリュッセルは今日も寒いです。イタリアは三十度を超えているのに、ここは最高でも十八度です。今日は十五度しかありません。君が僕にとってどんなに暖かい太陽であったか、想像もできないでしょう。

伶子、今まで僕に数々の夢を見させてくれてありがとう。君に僕からの、最後の口づけを送ります。

七月二十五日　ブリュッセルにて

パオロは八月の末にイタリアへ帰った。手紙の冒頭の呼びかけは、それまでの「僕の伶子《ミア》」から「親しい伶子《カーラ》」に変わっていた。わたしも手紙の出だしを「親しいパオロ《カーロ》」に変え、口紅の跡をつけるそれまでの習慣もさらりと捨てた。

そのことは、ふたりがもう恋人同士ではなくなって、ありふれた友人同士の関係になったことを表していた。手紙にごく平凡な日常の報告しか書けなくなってから、それに呼応するように、火と燃えていた情熱も日に日に冷めていった。ふたりの関係はもはや、とりわけ仲のよい友人同士の関係でしかなくなったかに見えた。

パオロの来日は忘れがたい出来事だった。けれどもその焼けつくような一日一日は、美しい思い出であると同時に、熱に浮かされたあげくの蛮行のようにも思えてきた。わたしにそう思わせたのは、熱が冷めるにつれて意識の奥から浮上してきたアンナへの思いであり、そこから生じた罪悪感だった。

第六章　文学講習会への誘い　一九八二年

イタリアへ帰ったパオロから初めての手紙を受けとったのは、翌一九八〇年が明けてからだった。クリスマスの前後には、手紙が届くのに一カ月ほどがかかっていた。

——帰国してから引き継ぎの作業などをしているうちに、早くも数カ月が過ぎてしまいました。大学の新学期は順調に始まり、ミケーレとルーカも母国での気楽な学校生活を楽しんでいるようです。アンナは帰国後の生活に慣れるまで大変そうだけど、外国に四年もいたのだから無理もありません。

ところで近ごろは君からの便りが遠のいて寂しいかぎりです。僕のことはもう忘れてしまったのですか？　大学では秘書が僕の研究室に手紙を届けてくれます。だから一度だけ、一度だけでいいから、以前のような君の真情を綴った手紙を送ってください。大学の所番地を書いておきます。

一九七九年十二月十五日　ミラノにて

——あなたのお手紙を読んで、正直言ってしばらくはとまどいました。本当に今までのような手紙を送ってよいのだろうかと。もちろんアンナのことが気がかりだからです。

わたしはアンナのために、一刻も早く友人関係に戻りたいとは思っています。あなたとの灼熱《しゃくねつ》の日々は心の奥底に秘めたまま年月が流れるような、そういう日常が早く来るようにと願っています。

一九八〇年一月十五日

パオロから次の手紙が着いたのは四月も半ばが過ぎてからだった。その手紙からは、人生の繁忙期に入ったパオロの日常が目に見えるようだった。

——伶子、残念だけど今年は日本に行けそうもなくなりました。君ががっかりすると思うと気が重いけれど、つらいのは僕も同じです。今僕は重要な論文にかかっていて、かなり時間が必要なので、夏までに仕上がりそうもありません。

それともうひとつ問題があります。前にも言ったけれど、僕たち夫婦は息子たちに手を焼いています。アンナも僕も彼らのために神経が休まるひまがありません。たったの十日ほどでも、ふたりだけをこちらに置いていくのは心配なのです。

ミケーレは来年には大学に入るし、ルーカも二年後には大学生になります。もうふたりとも大人の分別は持っているので、来年にはそちらに行けると思います。でももしかしたら、また僕ひとりで行くことになるかもしれません。

君の手紙、楽しみにしています。時間がなかったら、元気でいることだけでも知らせてください。


パオロは、アンナは家に置いて次回もまたひとりで来るかもしれないと言う。彼はそれを息子たちのためだと言うけれど、アンナは連れてきたくないというのが本音なのではないか。あるいは、アンナと一緒に日本に来るという考えは早々に消えてしまっていたとか。

このころのパオロからの手紙には、「友情」という文字がとりわけ目につくようになっていた。

パオロから次の手紙が着いたのは五月も末のころだった。


――僕は今月末から半年ばかり、アメリカのプリンストン高等研究所に赴《おもむ》くことになりました。そのために、日本へ行くのはもう少し遅くなりそうです。アンナは子どもたちを置いて出かける気にはなれないようだから、アメリカにも僕ひとりで行くことになるでしょう。

僕はときおり、君がもう僕のことを忘れてしまったのではないかと心配になります。「去る者は日々に疎《うと》し」と言うからね。でも僕らには、このことわざは通じないでしょう。僕は君のくれた髪の毛をいつも肌身離さずに持っています。アメリカへ行ったら手紙のやりとりができるかどうかわからないけど、絵はがきは送るつもりです。

パオロの言葉どおり、そのあとアメリカから届いたのは数枚の絵はがきだけで、秋も深まったころに着いた短信はイタリアからだった。

——伶子、半年ぶりでアメリカから帰ってきました。絵はがきを何枚か送ったけど、着いていますか？　近ごろは仕事がますます忙しくなって、空を見あげるひまもないほどです。四十六歳と言えばはたらき盛りです。今できるだけ仕事をしておかなければ、いつか気持ちが続かないときが来るでしょう。事実もう僕は白髪が増えて、本を読むのに眼鏡が必要になっています。残念ながら、もう老化が始まっているのです。一刻も無駄にはできません。来週は出張でパリに行きます。今度は十日ばかりで帰ってきます。今すぐに君に会えなくても、会える日は確実に近づいているのです。待っていてください。

この年の暮れには、母校のある教授から、「下訳」（翻訳原稿の下書きになる訳）というわたしにとっては初めての仕事を頼まれた。渡された本は一般向けの教育啓発書で、期限はとくに決められなかった。

百六十、七十ページの読みやすいエッセイふうのその作品の翻訳は、三カ月ほどで仕上がった。翻訳原稿を教授に渡してしまうと、出版が楽しみになった。自分の名前で出る本でなくても、自分の文章が人に読まれることは大きな喜びになるだろうと思った。翻訳料としていくらもらえるかも楽しみだった。

その本は数カ月後に出版され、教授から一冊が送られてきた。わたしは本を手にしたときいつでもするように、まずあとがきから読んだ。自分の名前が出ているだろうかとどきどきした。でもわたしの名前はただの一字も見つからなかった。落胆はしたけれど、下訳係というのは黒子みたいなものだから、名前が出ないのは当然なのかと思った。

次には翻訳料のことを考えた。しかしわたしが受けとったのは十万円で、これはかなりのショックだった。三カ月間心身ともに打ちこんだ結果がこの数字なのか。一カ月分にしたら三万円ではないか。それは信じがたい額だった。わたしはすっかり気落ちして、もう下訳は二度とするものかと思った。これほどの手当てしかもらえないなら、少なくともわたしの名前をあとがきに書いてほしかった。実際、下訳などの作業をした人の名前を明示する著訳者もいることは知っていた。

教授はそれからも、ほかの本を訳すようにと再三言ってきたけれど、人を馬鹿にするような待遇に、わたしはすべてを辞退した。しかしそれから何年か経つうちに、そういうことは翻訳の世界では常識らしいと気がついた。高名な学者の翻訳本の裏にも、ほとんど無給ではたらく下訳者が多数いることを見聞きした。彼らはその先生からいつか与えられるはずの恩恵を期待して、地味な作業を黙々とこなしているという。わたしにはそんなことはとても我慢できることではなかった。年月がどれほどかかっても、納得のいくやり方で道を開いていきたかった。

そこでわたしは、読書を重ねながら、気に入った作品に出会ったらその一部を訳して出版社に送るという方法を、辛抱強く続けていくことにした。しかし長篇の一部を訳して、ここならと思う出版社に送っても、原稿がそのまま返されてくるか、返事すら来ない状態が数年も続いた。

そんななか、小さいけれど突破口が開けたのは、四十歳を目前にした年の春だった。このときわたしが原稿を送った先は歴史ある指折りの出版社で、訳したのはイサドラ・ダンカンの伝記の一部だった。その出版社から返事が来たのはそれから数カ月が過ぎた初夏のことで、来社を求める電話があった。相手が相手なのでほとんど期待をしていなかったわたしは、電話を受けて心底驚いた。

電話があった数日後、わたしは期待と不安を全身に抱えながら地下鉄の駅に降りた。このときを発端として、それからほぼ終生にわたる年月のあいだその出版社との関係が続くとは、夢にも思っていなかった。

その日、本社七階のカフェでわたしに話を聞かせてくれたのは、海外室のＩ氏という中肉中背の男性だった。Ｉ氏はわたしのようなうぶで不安な来客には毎日のように接していて、次々と訪れる新参者にはそれほど期待しているわけでもないのだろう。彼の話し方は素《そ》っ気《け》なく、用件を簡潔に伝えることだけを考えているようだった。

Ｉ氏の話から、出版したいのはイサドラ・ダンカンの伝記ではなくて、イタリア人が書いた有名な女スパイの伝記であることがわかった。その本を翻訳する人を探していたところへ、たまたまわたしがイサドラ・ダンカンの伝記を送ったというわけらしい。わたしは喜んでその話に乗った。文章力を見るためだろう、Ｉ氏はわたしに、他にも何か訳したものがあったら送ってほしいと言った。

思いがけない急展開に驚きながら、わたしは受けとった本をバッグに収め、往きよりはるかにはずんだ気分で帰りの電車に乗った。

レジュメを書いたりあらすじを紹介したりの二カ月ばかりを経て、その本を訳し終えたのは秋も深まるころだった。Ｉ氏宛に原稿を送ると、半月ほどあとに、来社するようにという電話があった。

わたしは一度目の訪問のときに劣らぬ不安を抱えながら、本社のエントランスを入った。二階でデスクに向かいあって座ったわたしにＩ氏は、原稿には文章のうえでさまざまな不備があること、漢字の間違いが数箇所あることなどを指摘したあと、「翻訳はＰＴＡの会報を書くのとは違うんですよ」と、いかにも失望したという調子の言葉を発した。それから、もう一度訳文を初めから検討するようにと言い、二百字詰めの原稿用紙で千枚を超える原稿を無造作に突き返した。

大判の紙袋に入ったその原稿は、わたしの落胆を加味していっそう重みを増した。帰りの電車で、紙袋を網棚に置いて吊革につかまりながら、今わたしは岐路に立っているのだと、身震いしながら実感した。ここでまともな原稿を仕上げれば、そこから自ずと新たな道が開けるだろう。しかしもし次の原稿も落第だったら、有力な出版社への門がせっかく開かれながら、自分の手で閉じてしまうことになる。窓の外を眺めながら深々とため息をついたわたしのどこかに、それまでにない覚悟のようなものが生まれつつあった。

その後改訳した原稿は気が抜けるほどすんなりパスし、女スパイの伝記は翌年の春に出版された。売れ行きは上々で、三年後には文庫版も書店に並んだ。しかし翻訳の仕事が軌道に乗りはじめるには、それからまだ数年の年月が必要だった。

パオロは結局、翌年も翌々年も来なかった。重要な論文にかかっていたり、プリンストンに半年も出張したり、あちこちの国での学会に頻繁に出かけたりと、パオロから来る便りには忙しいという文字ばかりが目についた。四十代も半ばを過ぎて脂の乗りきった時期だから無理もないけれど、便箋からルージュの跡が消え、愛の言葉も容易にはかわせなくなると、寂しさが募る一方で、気持ちが次第に遠のいていった。

パオロは毎年、大晦日の十二時に電話をかけてきた。それも日本に来てから三年目の冬にはなくなった。忙しすぎてわたしの名刺までなくし、番号がわからなくなってしまったと、正月になってから書いてきた。以前にはわたしの電話番号は空で覚えていたはずなのに、それも忘れたとは、灼熱の恋も落ちぶれたものだと思った。その年のパオロからの二通目は、わたしの誕生日から半月ほどあとの、桜の花が散りはじめたころに着いた。

――伶子、僕は今、横浜からもミラノからもはるか遠くにいます。ここに来る前に気がついたのですが、プリンストンはイタリアからと日本からが同じ距離なのですね。あいにく一方は西で一方は東だけど、ここからイタリアへ行くのと同じ距離を西へ行けば君に会えるのです。

君が僕にとってどんな存在か、どんなにたびたび君のことを考えるか、想像がつきますか？　仕事や考えごとやそのほかの何やかやに押しつぶされそうなとき、君のことをふっと考えると、一瞬だけでも気持ちが癒やされます。君はいつでも僕の妹です。心から愛しています。

一九八二年三月二十三日　プリンストンにて

君は僕の妹……。でもわたしにとっては、パオロは兄ではなかった。そういう感情は一瞬たりとも持ったことはなかった。彼はいつでもかけがえのない恋人にちがいなかった。ふとした折にパオロとの一場面が心に浮かんで、いる場所を一瞬忘れることもあった。何かの用で誰かと会う約束をしたときなど、海岸通りのあのホテルを待ちあわせの場所にしてもらうこともあった。喫茶室のテーブルも、空いていればなるべく窓ぎわの左の奥にしてもらい、わたしは海を右手に見る席に座った。すると目の前にコーヒーを飲むパオロの姿が見え、「日本の海ってどこもこんな色なの？」と言った彼の、ちょっと驚いたような表情が目に浮かんだ。言うまでもなくその日の相手には、そんなわたしの心の内など計りようがなかった。

そのころのある日のこと、スイスのグローリアから思いがけない手紙を受けとった。夏にフィレンツェでイタリア文学の講習会があるから、一緒に出ないかという。わたしはすぐに乗り気になった。洋一は中学一年生に、理恵も小学校の五年生になっていたから、夏の三週間ぐらいなら母に預けることも可能かもしれないと気安く考えた。

ところが子どもたちに話してみると、洋一はいいよとあっさり言ったけれど、理恵がうんと言わなかった。数年前の留守番で懲《こ》りていたのか、今度はあたしも一緒に行くと言う。連れて行けないことはないけれど、それでは費用がかなりかさむ。洋一ひとりを残していくわけにはいかないし、かといってふたりとも連れて行ったら大変だ。でももう子連れ留学というのは珍しくないし、これをチャンスに子どもたちにも外国を見せてやりたい。

わたしはそんなのんきなことを考えながら、和夫が帰宅するのを待って話してみた。

「一カ月も家を空けるなんて長すぎるよ。それに君はもう、一度行ってるじゃないか」

すでに外で飲んできてかなり酔いがまわっていた和夫は、げっぷをしながらそう言った。

「でも今度は三週間なのよ。子どもたちを置いていくのが無理なら連れてってもいいと思うの」

「冗談言うな。いくらかかると思うんだ。君が行くなら子どもたちはこの家で留守番させる。君の実家に預けるのも連れていくのもおれは反対だね」

「ここに置いとくなんて無理だわよ。一日じゅうほっとくわけにはいかないわ」

「じゃ行かなきゃいいじゃないか」

和夫はふてくされたようにそう言って、赤いまぶたをふくらませながら青柳のぬたをつついた。脳みそが酒漬けになっているからまともなせりふは出てこない。その日はもう諦めて、日曜日の朝にもう一度話してみた。

和夫は黙ったまま、さもうんざりだという顔をして新聞のページをめくっている。しかしこのときには、和夫の言い分にも理があった。わたしにはまだ収入らしい収入がないのだから、無理してイタリアに行くこともなかろうと、和夫が考えるのもうなずけたからだ。

グローリアからの文学講習会への誘いは失意のうちに諦めて、数日後にパオロに書いた手紙でそのいきさつを知らせた。十日ほどが過ぎたある日、パオロから電話が入った。

「伶子、洋一君たちはこっちに連れてくればいいよ。僕のところに置いておけばいい」

パオロは手紙を読んだと言ってから、こともなげにそう言った。

「ありがとう、でももういいの。やめにしたから」

わたしはいくらか驚きながらそう返した。

「やめることないよ。アンナが預かるって言ってるから大丈夫だ」

わたしはいっそう驚きながら気を悪くした。

「まさか！　そんなことできるはずないじゃない」

「アンナは喜んで世話をするよ。フィレンツェとミラノならたいした距離じゃない。好きなときに往復できるよ。休みに君がこっちに来てもいいし、洋一君たちがそっちに行ってもいい」

わたしの不快感はその言葉を聞くとなおさら募った。

「そんなわけにはいかないわ」

「どうして？」

わたしの表情が見えないパオロは無邪気に言った。

「だってアンナに悪いもの」

わたしの動悸が速くなった。

「アンナはいいって言ってるんだ。ぜひそうしてほしいって」

「だからってわたしがそんなことすると思うの？　それってアンナをばかにすることじゃない。そんなことしたら罰が当たるわよ。とにかく今回はやめにします。またそのうちに行くわ。アンナによろしく伝えてください」

「そうか、君がそう言うなら仕方がない」

パオロはわたしの声が険《けわ》しくなったのをいぶかしんでいるみたいだった。わたしは受話器を置きながらかっかしていた。自分の奥さんに、こともあろうに恋人の子どもを押しつけようなんて、パオロはなんて男だろう！　アンナがもしあたしの身になったら、相手の奥さんに自分の子どもを押しつけたりするはずがないわ。いいかげんにしてよ。男って身勝手で心から女をばかにしてるんだから。恋人とは魂と魂の語らいなどと言いながら、一方では妻を道具扱いして何とも思わないんだから。男は狩人だって言うけど、そのとおりだわ。獲物なんか一度手に入れてしまえば、もうどうだっていいわけよ。あたしだってもしパオロの妻になったら、同じ仕打ちを受けるってことじゃない。あの人はきっと妻を母親と間違えているのよね。だからいつまでも甘えてるのよ。

パオロの電話に逆なでされたわたしの神経は、数日経っても落ち着かなかった。夫に支配されるアンナが自分と重なり、彼女への同情がふくらむと同時に、パオロへの反感が募った。不快感を払拭《ふっしょく》する生身の〈魅力的な〉パオロがそばにいなかったから、わたしの反感は頭のなかで好きなだけはびこった。パオロの魅力はほかならぬ幼さにあり、それが彼の創造性につながることはわかっていても、一方でそれがアンナを傷つけることには我慢がならなかった。

電話があってから数日後、わたしの腹の虫がまだ収まらないうちに、ふたたびパオロから電話があった。香港からだと聞いてびっくりした。急な仕事でこっちに来ているが、イタリアへ帰る前に、できれば一度わたしのところへ寄りたいと言う。わたしはぜひいらしてねと返事はしたけれど、うれしいとは思わなかった。

二日後にまた電話があった。仕事とつきあいの都合で、週末に日が空けられそうもない、今回は諦めるしかなさそうだ。パオロはそう言った。わたしは内心ほっとした。

七月初めにはパオロから手紙が来た。イタリアからだった。それから翌年の二月までにかわした数通の手紙は、やがて来る嵐の前触れのようだった。


——上海にいるとき、僕はもう君の隣まで来たような気がしていました。あと二千キロで君と一緒になれると思うと、胸が高鳴りました。僕は君に会えることを信じて疑わなかったのです。その夢が急に吹き飛んでしまったときのむなしさは、とても言葉には表せません。

僕らはもう情熱的なことは言うまいと誓いあってきました。でもふいに中国行きが決まって、君に会えると思ったとたんに、鎮まっていた炎がにわかに燃えあがったのです。あの箱根の夜が、君と過ごした忘れがたい日々が一度にどっと押し寄せてきて、全身が熱くなるのをどうしようもありませんでした。

上海で僕は毎日海を見ていました。そうしていれば、いつかは君のいる陸地が見えてくるような気がしたからです。あり得ないとはわかっていても、もしかしたらという気持ちがありました。

僕らの出会いはいつでも一瞬なのです。その一瞬の燃えあがりもいけないのでしょうか。君はやっぱり僕の恋人です。今度の思いがけない中国行きで、僕は自分の気持ちを再確認しました。

僕は香港で日本製の時計を買いました。二通りの時間が同時に読みとれる時計です。もちろん僕は、イタリア時間と日本時間に合わせてセットしました。こうしておけば、今そちらが何時で、君が何をしているか想像できます。

ところでたまに電話をかけても君が出ることはめったになくて、たいていは子どもたちです。だからこれからはこういうことにしたらどうだろう。僕は日本時間で四時きっかりに電話をします。初めは二度だけベルを鳴らして切ります。それから二分後にもう一度かけます。だから、二度ベルが鳴って切れたら僕だと思って、電話機のそばで待っていてください。

僕らがふたりとも起きているのは、日本時間で午後の二時から十一時までのあいだです。それから君は床に入り、君が起きるころに僕が寝ます。だから僕は、朝目を覚ますと君にこんにちはを言い（日本時間では午後の二時だからね）、僕が寝るときには、君はまだあのべッドで眠ってるんだなと想像します。

伶子、僕らにはやはりおたがいの心を伝えあう場が必要です。家庭用の手紙だけでは気持ちが遠のいていくようで不安です。大学には秘書がいますが、彼女は僕への私信はあけません。だからまたブリュッセルのころのように、大学のほうに手紙をください。


――パオロ、あなたのお年齢《とし》でまだこんなにナイーヴな気持ちを持っているなんて驚きです。わたしもあなたを変わらず愛していますす。でもアンナの優しさも忘れられません。あなたを考えるとき、あなたを唯一の頼りにしているアンナの姿が同時に目に浮かびます。このままあなたを愛し続ければ、わたしは苦しくなるばかりです。

あなたにこの次お会いするのは、何年かあとのほうがいいと思います。髪に白いものがまじっても、わたしたちの胸の奥には燃え尽きていない火が残っています。それをあえて熾《おこ》すような危険は避けたほうが無難です。

この手紙は大学のほうへ送ります。あなたがブリュッセルにいらしたころ、初めて大学に手紙を送ったときの心の弾みが、懐かしく思いだされます。あれからもう七年も過ぎてしまいました。あのときのあなたのお年齢に、わたしが今なろうとしています。


――数カ月音沙汰がなかった君の手紙が昨日やっと届きました。僕は時間がふっと空いたとき、君に手紙を書こうとまず考えます。そう考えるだけで僕の心は安らぎと優しさに満たされます。まるで秘密の花園か神秘の森に分け入るような、不思議なときめきを覚えます。もう君を知って何年も経つのに、この心の躍動は変わりません。

僕は自分を冷静に観察して、ときには理性的なことを言いますが、心の奥を覗いてみれば、君をベルギーの空港に迎えにいったころとたいして変わってはいません。君も同じことが言えますか。

君は近ごろ、手紙の数が減っただけでなく、内容も素っ気なくなりました。まるで熱が冷めてしまったみたいで、一皮むけてしまったような感じです。君はまだ僕に会いたくないと言うけれど、なぜですか？　君に会うために一万キロの旅も厭《いと》わない僕に、会いたくないと言うのですか？　息子たちの手が離れたら、僕はアンナと一緒に君に会いに行きます。君に会うために行くのですよ。

君がイタリアへ来るのをやめたという手紙を読んだとき、僕はじつにがっかりしました。アンナに洋一君たちを預けてでもぜひ来てほしかった。その熱意に君が感謝こそすれ、不愉快になるとは夢にも思っていなかった。僕ら男は相手の夫のことなんかそれほど深くは考えないものです。身勝手だがそれが本音です。僕が君を思うあまり、アンナに鈍感になっていたのは否定できません。でも君も、自分に対してもっと素直になってくれればと思います。

次の手紙には君の花びらをつけてください。僕の唇をその上に重ねたいのです。今から手紙を心待ちにしています。

一九八二年十二月十五日

——パオロ、昨日の四時二十分に電話のベルが二度鳴りました。二度鳴らしてから一度切るのは前からあなたのサインでしたから、わたしはあなただと思って、次のコールを待ちました。でもそれっきりでした。あれはあなたでしたの？　家のなかにはわたしひとりでしたが、あの時間にひとりなんて珍しいのです。

いつだったか、あなたが電話の向こうで、愛してるよ、君もそう言ってくれないかとおっしゃったとき、理恵がわたしの前にいたのです。理恵が受話器を取ってわたしを呼んで、替わってからもそのままそこにいて、にこにこしながらわたしの顔を見ていたのです。相手がパオロおじさんだとわかっていましたからね。わたし、あなたのお言葉になんと返事したものか困ってしまいました。イタリア語だからと言って、娘の前で、いつも愛していますなんてとても言えるものではありません。わたしは理恵の目に笑いかけながらあなたとお話ししていたのです。

この次にはアンナとこちらへいらっしゃるそうですが、そうしたらわたしたちは、一瞬の隙をねらって恋人同士のまなざしをかわすのですか？　まるでこそ泥がケチなものを盗むように。わたしはこそ泥にはなりたくありません。それにわたしは、今あなたにお会いするのが怖いのです。今度のお手紙に見るかぎり、あなたは四年前のあなたそのままです。肉体の愛は理性を失わせます。一度情念が燃えあがると、精神よりも肉体が相手を求めるようになります。それは理性ではどうにもならないほどはげしいから、だから別れが死ぬほどつらくなるのです。精神が肉体に屈服してしまうのです。わたしはその苦しさを、あなたがいらしたときに身をもって体験しました。

今わたしの気持ちは一皮むけたように澄んでいます。あの世とのあいだに横たわるという川の岸辺に佇んでいるような気持ちです。あなたとの日々があまりにもはげしかったための反動でしょうか。わたしは今この静けさを大切にしたいのです。

その年の冬はいつになく寒かった。澄みわたった青空の下を冬枯れの景色が広がっていた。葉っぱ一枚残さない枝が、どんな織物より美しい模様を描いていた。わたしはその澄んだ世界に陶酔し、ときどき歩を止めては空の青さに吸いこまれた。

パオロとの灼熱の日々が去った後、わたしの目にはそれまで知らなかった別の世界が見えていた。それは愛し悩み苦しんだものだけが知る、張りつめて澄みきった世界だった。

翌年の三月になろうとするころ、プリンストンから絵はがきが届いた。大きめのそのはがきには、二月の半ばからアメリカに来ていると書いてあった。それから半月ほどが過ぎたある日、パオロから思いがけない電話が入った。

「あ、伶子、僕の手紙は着いた？」

「手紙？　いえ、まだよ。プリンストンからの絵はがきはいただいたけど」

「そうか、手紙に書いたんだけど、電話もしたくなった」

「あら、どうして？」

「五月に日本で学会があるんだよ。僕も行くことになったんだ。でも今度は僕ひとりじゃなくて仲間が一緒だ。学会が終わったら一日見物に使うことになってる。もし君が東京かどこかみんなを案内してくれれば、その日はずっと一緒にいられるよ」

パオロの声は弾んでいた。翌日に手紙が着いて、それからパオロが日本に来るまでのあいだ、わたしたちは本音を吐露《とろ》した手紙をやりとりした。


——昨日プリンストンから帰ってきたら、君の手紙がここで僕を待っていました。今返事を書きますが、それよりもまずとびきりいいニュースがあるのです。五月に日本へ行くことになりました。東京で学会があるのです。思いがけないチャンスの到来に、僕は今気が動転しています。

僕の唯一の望みは君に会うことです。ホテルの部屋に来てくれれば、誰にも邪魔されずに話すことができます。それに一瞬だけでも愛を確かめあうこともできるでしょう。今からそのときを楽しみにしています。

君は僕らが愛をかわすのはこの前のときで終わりにしたいようだけど、君の家でも僕の家でもないホテルの一室というまさに〈僕らの部屋〉で、手を握るだけで満足できると思えますか。僕が仕事で東京へ行くなどというチャンスはもう二度とないでしょう。今度のことは、まるで降って湧いたような幸運なのです。神が僕らに与えてくれた恩恵です。それを感謝して受け入れない手があるでしょうか。

僕は君に何も要求するつもりはありません。おたがいの肉体を求めるのは僕らの自然な感情です。僕らはそれに素直に身を任せればいいのです。ほんのひとときの夢をむさぼることが罪であるとは思えません。そのあとにはまた、重苦しい現実生活が待っているのです。僕らの夢は僕らの胸だけにしまっておけば、誰も傷つけはしません。

伶子、君のすべてが僕のものだと言ってくれたいつかの言葉に、時効はないのだと僕は思いたい。イタリアに戻ってから、あれもすればよかった、これもできるはずだったと後悔しないで済むような、そんな日々を君と一緒に過ごしたい。これが唯一の僕の願いです。

僕は君との時間がほしいから、仲間より二日早く出るつもりです。一日も早く会いたいのです。

――あなたからお電話をいただいたとき、わたしはほんとにびっくりしました。そのあとお手紙を読んでから、驚きが戸惑いに変わりました。

今度お会いすることになったのは、わたしたちがあまり長く離れていてはいけないのだという、天の意思のようにも思えます。そう思えば、あなたに自然な気持ちでお会いできるような気もします。でもそう思っても、何となくしこりが残るのです。

パオロ、夫婦の義務って何なのでしょう。ただ相手に身体を貸すことでしょうか。あなたはアンナがほかの男を愛していても、身体だけあなたに貸せば、義務を果たしていると思うのですか？　もしアンナがそんなふうにしたら、ひどく不快になりませんか？

あなたはホテルで愛しあうのはほんのひとときの出来事に過ぎないと言います。そのお気持ちはよくわかります。わたしをどんなに深く愛してくださっているかは、今までの長い年月が証明してくれていますから。でもホテルの一室の出来事を、アンナに置き換えてみてください。アンナがよその男とホテルの一室で愛しあうのですよ。それをほんのひとときのことだからと、納得することができますか？

わたしがあなたへの思いに逆らってこんなことを考えるのは、アンナの優しさのためなのです。初めてあなたをブリュッセルにお訪ねしたとき、アンナの心根にひどく打たれてしまったのは、いわば致命傷でした。パオロ、わたしにこれ以上ジレンマを背負わせないでください。わたしには、今度のチャンスが神の試練のようにさえ思えるのです。

──伶子、僕らの行為が非難さるべきものだということはぼくも否定しません。夫も妻も完全であれば、僕らのような関係は生まれないでしょう。でも完全な夫婦がどこにありますか？　君が僕を好きになったのは、和夫君のなかに君が求めていたものが見いだせなかったからではありませんか？　僕のほうも同じことです。不完全なのは僕らだけではありません。僕らの相手だって不完全なのです。そこで双方が、一種の不可侵領域を設けておく必要があるのです。その領域では夫も妻もおたがいに干渉しません。僕らにとってその領域が〈僕らの部屋〉であるわけです。

仕事の合間にほっと一息入れて詩を作る科学者もいるし、畑を耕す詩人もいるし、ピアノを弾く農夫もいます。おまえは科学者なのになぜ詩など書いて時間をつぶすのか、農夫なのになぜピアノなんか弾いているのか、あるいはまた、おまえは夫なのになぜ妻だけを愛そうとしないのかと問われたら、彼らは答えるでしょう。それはわたしのつかの間の夢なのだと。何カ月も何年もひたすらはたらいてきたわたしから、なぜつかの間の楽しみまで奪おうとするのかと。彼らの行為が過《あやま》ちだと言えますか？　過ちになるのは、科学者が詩ばかり書いていたり、農夫が年中ピアノを弾いていたり、夫が自分の妻を顧みずに、年中ほかの女を愛していたりするときです。

君はいつか僕に言いました。手を握ること、接吻すること、結ばれることの、どこに違いがあるのだろうか、すべて愛の表現であることに変わりはないと。ところが今の君は、精神だけで愛することは悪いことではなくて、肉体の行為が伴うことが悪いのだと僕に説いているようです。愛することに一線はないと言った君の言葉に、矛盾しているとは思いませんか？

君にとっては、ほんのひとときの肉体的まじわりと、八年もの長い精神的まじわりとの、どちらが深く人を傷つけることになるのですか？　君のように深くものを考え、豊かな感性に恵まれた人が、精神的まじわりによるよりも、肉体のまじわりによって傷つくと考えるのは不思議です。

僕らの恋はそこら辺の情事とは違います。純粋な深い愛情による結びつきです。少しも不純なものではありません。だから悩んだり苦しんだりしないで、僕と一緒に夢を見てくださ い。時は永遠に過ぎていくのです。ほんの一滴の幸福をすくいとったからと言って、いけないわけはありません。今から一カ月後には、僕らはふたたび地球の反対側に離ればなれになるのです。

伶子、頼むから僕が君に抱いている気持ちを軽く考えないでください。

——パオロ、もう日がないので急いでお返事をしたためます。

わたしにはあなたのお気持ちが痛いほどよくわかります。わたしたちの逢瀬には、月夜に一瞬だけ美しく開く花のような、かけがえのない価値があるのでしょう。わたしたちがメロドラマにはほど遠いところにいるのはたしかです。

でも今のわたしには、すでに周囲が見えています。もはや無心の恋人気分ではいられないのです。戦場で敵の顔を見ながら殺すことはできないと言います。わたしにはもうアンナが見えています。しかもアンナは敵どころか、わたしを心からもてなしてくれたのです。

もしわたしが夫を愛していて、夫がほかの女性と八年も深い精神的交流を続けているとわかったら、致命的なショックを受けるでしょう。けれども和夫やアンナは、常識を信じ、そのなかで生きるタイプの人たちです。世間の常識では、肉体交渉さえなければたんなる子どもの遊びで、結局は何もなかったことになるのです。傷つく度合いが違います。精神的恋愛などは架空の世界の話です。

愛し方に一線はないとわたしがあなたに言ったとき、わたしの頭にあったのはわたしたちふたりの関係だけでした。そのころのわたしには、アンナという人がまだ実在していなかったのです。

パオロ、あなたははるばる地球の反対側から、わたしに会うために二日も前にいらっしゃいます。そのお気持ちは本当にうれしいし、わたしは再会の日を心待ちにしています。でも今までの手紙に書いたわたしの気持ちも、十分理解しておいてほしいのです。

第七章　傷心の仲違い　一九八三年

　このときもパオロの来る日は晴天だった。わたしにはもう心の準備ができていた。さまざまな悩みに気持ちの弾みを妨げられて、あるのはただ投げやりな諦観だけのようだった。いつまでもパオロとアンナのあいだで揺れているなんて情けない。彼がもしふたたび四年前のように愛しあおうと言うのなら、素直に彼を受け入れよう。イタリアに帰ってから後悔しないように、あたしのすべてを与えよう。そしてこれを本当に最後のチャンスにしよう。パオロとあたしは、もう別の道を歩きはじめているのだ。わたしはそう思っていた。

　その日パオロは、予定どおりの時刻に成田に着いた。夕方の五時、わたしは鏡の前に座りながら、冷たいほど落ち着いた自分の顔を眺めていた。もう電話が来そうな時刻だった。和夫には、今日はパオロを迎えながら東京で食事をすると言っておいた。子どもたちの食事も用意しておいた。それは母親が外出するときのいつもの習慣と変わらなかった。

　電話のベルが鳴った。パオロだった。彼の声は弾んでいた。わたしは彼に、七時前にホテルに着くと告げてから家を出た。まだ空は明るく、街は買い物の主婦たちで賑わっていた。わたしは数年前に成田からブリュッセルに発った日を思いだした。あの日も夕方の街には活気があった。あの日も自分だけ別世界にいるような気分だった。

有楽町のホテルに着いて脇のドアから中へ入ると、ロビーは混雑していてパオロはすぐには見つからなかった。人の波を縫ってエントランスのほうへ歩いていくと、ドアの数メートル手前にパオロの後ろ姿が見えた。モスグリーンのシャツに同系統のズボンを穿いている。胸がにわかに高鳴った。わたしは後ろからそっと肩をたたいた。

「こんばんは、お待たせしてごめんなさい」

「伶子、会いたかったよ」

パオロはくるりと振り向くと、古風に膝を折ってわたしの手を取り、甲に口づけした。

「僕の部屋へ来てくれるかい？」

パオロは控えめに訊いた。

「ええいいわ」

わたしも小声でそう答えた。パオロはうれしそうな顔をしてわたしの手をぎゅっと握った。

懐かしい手のぬくもりがわたしの心を熱くした。ひとりで鬱々と考えていたときの気持ちが、パオロに会ったとたんに高揚してしまう。自分の心の変容ぶりに少なからず驚いた。奥のエレベーターで二十九階まで上がった。床にはベージュ色の深々とした絨毯が敷かれ、足音は絨毯に吸いこまれてあたりは静まりかえっていた。パオロが部屋のドアをあけた。

部屋は壁も敷物も淡いベージュで、柔らかく温かな雰囲気だった。大きめのダブルベッドが中央に置かれ、そのそばにソファとテーブルが、それに小ぶりのライティングデスクが窓ぎわにあった。

パオロはわたしのジャケットを取ってハンガーにかけた。それからベッドに腰を下ろしてわたしを招いた。わたしはパオロの隣に腰かけた。

「伶子、会いたかったよ。まるで夢みたいだ」

パオロは言いながらわたしを抱き寄せ、きまじめな顔をして目のなかを覗いた。

「怖いかい？」

「いいえ」

わたしはほほえみながらパオロの瞳を覗き返した。パオロはいきなりわたしを抱きしめてはげしい口づけを身体じゅうに浴びせた。わたしは息もできなかった。

パオロはつい先日の手紙のやりとりなどすっかり忘れているようで、目の前にいるのは数年前に見たままのパオロだった。わたしは彼の愛撫に身を任せながら、つい先ほどまでの決心が間違いだったような気がしてきた。こだわっていた自分が嘘だったような錯覚を覚え、今の自分こそ本物のわたしにちがいないと思った。一瞬の抱擁がそれまでのわだかまりをふいに溶かしてしまっていた。アンナをないがしろにするパオロに腹を立て、それは同じ女であるわたしの自尊心まで傷つけることに気がつかない彼に不快感を覚えていたわたしは、もうそこにはいなかった。

「伶子、ありがとう。君はやっぱりいつかの君と少しも変わっていなかった」

パオロはわたしの胸に顔を埋めて、安心したようにそう言った。

部屋を出たのは八時半過ぎだった。軽い食事を済ませてからティールームに入った。角の席に座ってコーヒーを注文した。

「アンナはお元気？」

ロスマンズに火をつけながらわたしが訊いた。

「ああ、変わりないよ」

「そう。ミケーレとルーカは？」

「ルーカは今、情報関係の勉強をしてる。ミケーレのほうは相変わらず哲学だ。成績はトップなんだが手に負えないよ」

わたしは少し笑った。

「それでアンナはずっと家にいらっしゃるの？」

わたしはそう訊きながら、アンナの顔を思い浮かべた。心の鏡がいくらか曇った。

「うん。たまには外に出るけど、だいたい家にいる」

「何もしてないの、家事のほかに？」

「ああ、アンナはね、家と息子と夫があれば幸せな女なんだよ」

「ほんとにそうかしら」

あなたがそれを押しつけているんじゃなくって？　と思ったけれど口には出さなかった。

「君、そういうタイプの女性もいるんですよ」

パオロは言いながらパイプタバコに火をつけた。それから腕の時計を覗いた。

「ところで君、そろそろ帰らなきゃいけないだろう」

「いいのよ、急がなくたって」

「君は和夫君のことも少しは考えるべきなんだ。もう彼は家へ帰っているんだろう？」

「さあどうかしら」

わたしは答えながら、あたしたちっていつも相手の連れあいのことばかり考えているんだと思って苦笑した。


次の日も快晴で、わたしは朝早めに家事を済ませると、パオロを迎えに車で家を出た。待ち合わせの駅に着くと、彼は電話ボックスのなかにいた。わたしは外からノックした。

「あ、伶子、今君の家に電話してたところだ」

「そう。待たせちゃってごめんなさい。今日のあなたってずいぶんシックね」

昨夜と違って淡いブルーの軽快なスーツを着ていたパオロは、ちょっと目を惹くほどきれいだった。

「だって今日は和夫君や哲郎君たちにも会うんだから」

「まあ、そんなよそ行きみたいな恰好しなくたっていいのに。今日はこれからお寺の裏山を少し散歩しようと思っていたのよ」

「いいよ、かまやしない」

パオロは両手を広げて、へっちゃらさという身振りをした。わたしたちは連れだって駐車場へ行き、パオロが大きな紙袋をトランクに収めてから、山の手のほうへ走りだした。

お寺の裏手の散策路には、平日のせいか人の姿がほとんどなかった。わたしたちは枯れ葉を踏みながら細い道を上っていった。山頂には小さな東屋《あずまや》があったので、木造りのベンチに腰を下ろした。目の前には小高い丘が連なり、遠くの山がかすんで見えた。パオロとわたしがいちばん自然になれるのは、こういうところにいるときのような気がした。

「じつにいい景色だね。これも僕らの大事な思い出になるね」

パオロが言った。

「ええ、こんな小さな思い出をたくさん作っておきたいの。思いだすたびに幸福になるような」

わたしも感慨を込めてそう言った。これっきりパオロと会わなくなるのかもしれなかった。

帰りは来た道とは別の道を通って下へ降りた。途中で若いふたり連れや学生のグループに会った。パオロはそのたびに握っていた手を放した。わたしへの気遣いだろうかと思った。

家へ帰ると子どもたちがすでに待っていた。パオロは久しぶりに会った洋一と理恵を相手にしてひとしきり遊んだ。子どもたちは、日本の大人はいつも大人で、イタリアの大人は大人になりきれてないみたいだと思っているかもしれなかった。

七時前に和夫が帰宅し、ほどなく弟の家族も着いた。哲郎たちは、パオロがぜひ会いたいというので呼んであったのだ。パオロが四年前に来たときに四歳と一歳だった哲郎の子どもたちは、小学生と幼稚園児になっていた。パオロはひとりひとりにお土産を渡し、子どもたちは誰かが受けとるたびに歓声を上げていた。パオロは器用に箸を使って食事をし、日本酒も少し飲んだ。前回よりかなり慣れた感じだった。

パオロが帰ったのは十時半ごろだった。わたしは駅まで車で送っていった。雨がぽつぽつ降りはじめていた。駅に着くと、パオロは隣の席から黙ってわたしの顔を見た。わたしも黙って見返したまま、顔を近づけ、そっと唇を合わせた。


翌日は、パオロとイタリア関係の図書展を見にいくと和夫には言っておいた。ホテルに着いたのは朝の十時半ごろだった。雨あがりの空は晴れていたけれど、梅雨の走りのように蒸し暑かった。部屋をノックするとドアはすんなりあき、パオロはテーブルの前で地図を広げていた。

「やあ、おはよう。今、日曜日の鎌倉のことを考えてるんだ」

パオロは言いながら、テーブルの上のイチゴをつまんだ。

「君も食べないかい？　先に鎌倉のこと考えちゃおう」

わたしもテーブルの前に座った。ふたりで本や地図をひっくり返して大まかなルートを決めた。打ち合わせはすぐに終わった。パオロは地図を閉じてわたしの手を取ると、掌に包んで口づけした。それからわたしの前に膝をついて、遠くを見るような目でわたしの目を見つめた。わたしの膝の上にあったパオロの手は、わたしの手を離れて腰のほうへ降りていった。腰を優しく抱きながら、頭をわたしの膝に乗せて、パオロはそのままじっとしていた。白いものが目立ちはじめたパオロの頭を、わたしは両手で深く抱きしめた。

ベッドのパオロは懐かしい匂いがした。ブリュッセルの森で初めて抱擁したときの、ヴァーグナーの旋律とミックスした匂いだった。目をあけると細長い窓の向こうに、露を含んだ五月の空がうす青色にけぶっている。横浜の初めての朝もこんなだった。あれも五月の朝だった。わたしは四年前のパオロとの朝を思いだし、それと同時に手紙の文句を思いだした。

（イタリアに戻ってから、あれもすればよかった、これもできるはずだったと後悔しないで済むような、そんな日々を君と一緒に過ごしたい。これが唯一の僕の願いです）

パオロは四年前のパオロと少しも変わっていない。あたしのほうはと言えば、アンナとのあいだで揺れ続けてきた。もうどれが本物のあたしなのか、自分でもわからない。パオロと別れようなんて考えたのは、あたしでないような気もする。別れるなんて、そんなこと、ほんとにできるんだろうか。

わたしの脳裏にアンナの温かな笑顔がふと浮かんだ。今パオロに抱かれているのも、アンナを愛しいと思うのも、わたしでなくて誰だろう。

パオロはわたしの脇腹に顔を押しあてると、ありがとう、と何度も言った。

時計を見ると十一時半だった。昼ごろには仲間の一行がホテルに着くはずだ。パオロは服を着ると、イタリアから持ってきたインスタントコーヒーを淹れた。

「伶子、ありがとう。君はいつかの君そのままだった」

パオロはわたしの前にコーヒーを置きながら、また穏やかにそう言った。

「今度も僕にすべてを与えてくれた。今日のことはけっして忘れないよ。僕は悲しいとき、いつも君のことを考えるんだ。そうすると救われたような気持ちになる。君と僕は同じ道を歩むようにできているのかもしれないね」

パオロはそう言ってかすかに笑った。その言葉にわたしは当惑した。パオロにとってわたしがただの情事の相手でないのはよくわかる。きびしい人生を生きて行くにはこういう抜け道が必要なのも理解できる。でもわたしは苦しさから逃れたい一心で、今パオロから遠のこうとしている。それでいいのかどうかもわからない。

わたしはコーヒーにクリームを溶かしながら、黒い液体のあいだに消えてゆく白い渦を見つめていた。

最後の口づけをして部屋を出たのは十二時少し前だった。下まで送ろうというパオロの言葉をさえぎって、ドアのところでさよならをした。絨毯の快い感触を楽しみながら、男に会いに来る女たちはこんなふうにして帰るのだろうかとふと思った。

外に出ると、湯気みたいな大気がかぶさってきた。わたしはたった今長篇のラブロマンスを観終わったように、急に疲れを覚えた。

日曜日も朝から陽が照りつけて蒸し暑かった。わたしは鎌倉駅のホームで、パオロたち一行が乗ってくる電車を待った。電車が着くと、グリーン車からそれらしい人たちが降りてきた。七、八人のなかに、女性が三人まじっていた。最後にパオロの姿が見えた。

パオロの紹介で、女性のうちひとりだけが学者で、あとのふたりは夫についてきた夫人であることがわかった。八幡宮へ向かいながら、エレナというその女性の学者は、ずっとわたしと並んで歩いた。学者らしく、あらかじめいろいろ勉強してきたらしい。寺院や仏像について、わたしに次々と質問を浴びせた。

エレナはすらりとした容姿で、栗色の豊かな髪と理知的な細面《ほそおもて》が、しばらく前に映画で見た女優の雰囲気によく似ていた。もう三十代も半ばを過ぎたが、まだ結婚はしていないと言う。ボーイフレンドはいるわと言って、美しく並んだ白い歯を見せて笑った。

八幡宮を出たあと、タクシーで大仏へ向かった。タクシーではエレナと別れ、わたしはパオロの横に座った。

「パオロ、エレナってすてきな人ね。わたし、いっぺんで魅了されちゃった」

わたしは心底あこがれるように言った。

「彼女がかい？　ああいうタイプがいちばん取っつきにくいよ。まるで知識のかたまりみたいでね」

「あら、だからすてきなんじゃない。知識欲満々だわ。あんな方と友達になったらおもしろいでしょうね」

「僕はああいうのは嫌いだね」

パオロは素っ気なく言った。わたしはびっくりした。恋人であるはずの男がにわかに老けて見えた。これではまるで時代遅れのおじさまだ。女は優しければいいってもんじゃないわ。エレナは数学者だもの、多少理屈っぽいところがあったって仕方ないじゃない。男って、学問では世界の最先端を行っていたって、女を見る目には案外カビが生えているのかもしれない。そう思うと気分がしらけた。

大仏を見たあと、海のそばのレストランで昼食を取った。わたしの右隣にエレナが、左隣にパオロが座った。向かい側には六十代らしい最年長の学者とその妻が座っていた。妻はうるさいほど傍らの夫の世話を焼いている。夫のほうはまるで赤ん坊だった。顔はすでに赤らんで、箸を持つ手もおぼつかなかった。

食事が終わると一行はタクシーで駅へ向かい、帰途についた。わたしは途中の駅で一足先にみんなと別れた。別れぎわにひとりひとりと握手をかわし、最後にパオロの手を握った。パオロは席を立って、扉のところまで見送りに来た。そして口のかたちだけで、愛しているよと言った。わたしはパオロの目をじっと見ながら、わたしもよ、と小さく答えた。いつまでも元気でね、と無言でつけたした。もうこれっきり会わないつもりでいたにしては、あっさりした別れ方だった。

同じ週の金曜日、パオロからソウル発の短信が届き、その一週間後にはミラノから電話が入った。電話にはアンナも出た。アンナはあの高めの明るい声で、お土産にとわたしがパオロに託した扇子《せんす》の礼を言った。わたしは受話器を置きながら、アンナに毒でも盛ったようないやな気分になった。アンナは礼を言っている。そんなことがあっていいはずがない。その違和感が、パオロの顔を見たときからふたたび揺らぎはじめていた気持ちに決着をつけた。いつまでもジレンマのなかにぬくぬくとしている自分が腹立たしかった。わたしはその気分に押されて、電話を受けた翌日、意を決して手紙を書いた。

――パオロ、ソウルからのお手紙をありがとう。わたしは東京のホテルでのことを思いだしながら、何度も読み返しました。わたしのほうこそ、あなたの限りない愛情を、このうえない宝物と思っています。あの日のひとときは、きっといつまでも忘れないでしょう。

パオロ、今日はあなたに大事なことを伝えます。わたしはこれまでに何度もあなたを傷つけてきました。同じことを重ねると思うと気が沈みますが、もうこれが最後です。どうぞわたしの胸の内をしっかりと受けとめてください。

あなたとの今回の再会には、わたしにとってはさよならの意味がありました。あなたがおいでになる前に、わたしたちは手紙で本心を打ち明けあいました。そうしながらわたしは気がついたのです。わたしたちが考えていることはもう同じではない、同じ道を歩んでいるのではないのだと。あなたは今までと変わらず夢の世界に留まっていたようだけれど、わたしの目にはすでにきびしい現実が映っていたのです。

あなたと初めてブリュッセルでお会いしたとき、あなたの奥様、アンナを同時に知りました。その後の三日間をともに過ごすあいだに、アンナはわたしに消えがたい印象を残しました。それは強烈な印象ではないけれど、その分温かい、ほのぼのとした、善意のあかしのような印象でした。あのときからアンナはわたしの心の片隅に住み続け、わたしがあなたの恋人であることも知らずに、無心のほほえみを絶やさないでいらっしゃいます。

あなたとわたしの幸せは、そんなアンナの好意を踏みにじることの上に成り立っているのです。わたしはもうそのことから目を背けてはいられなくなりました。でもあなたのほうは、現実にはあくまでも目をつぶっているようです。言うまでもなく、わたしに見える現実と、あなたのなかにある現実は同じものではないでしょう。数十年のあいだに積もった、アンナとの確執もあるかもしれません。

でもわたしは、もうこれ以上アンナを傷つけないために、あなたとの関係は、美しい過去の思い出として、現実から切り離したいのです。

あなたは生来の詩人です。そんなあなたをわたしは心から愛しく思っています。でも今のわたしには、これまでより少し広い世界が見えています。あなたを思うとき、あなたを愛し支えてくださるアンナの姿が同時に見えるのです。

そんなわたしを、あなたは白々しく感じるかもしれません。ですから、少なくともしばらくのあいだは、あなたへの手紙は書かないつもりです。差しあげた真珠のタイピンは、わたしたちが長い年月愛しあった証のつもりです。あなたからいただいたネックレスがそうであるように。

いつの日からか恋人同士になったわたしたちが、今度は無上の友達同士になれる日が、いつか来るでしょうか。それを願いつつ、パオロ、最後にもう一度、熱い口づけを送ります。


この手紙を投函して十日ほど経ったころ、パオロの手紙がパリから届いた。パオロはわたしが最後の手紙を書いたことをまだ知らなかった。

――昨日から出張でパリに来ています。僕は日本から幸福に満ちてイタリアへ帰ってきました。この幸福はいつまでも僕を放さないでしょう。君にとっても人生がこのうえない喜びであることを願っています。

伶子、僕に君の手を預けたまえ。あの森を通って、山の連なりが見える頂《いただき》まで行こう。あの木のベンチにもう一度腰かけよう。

イタリアへ帰ったら君の手紙が待っていてくれるでしょう。君もまた僕に、幸せだと書いてくれたにちがいない。もう手紙は投函してくれましたか？

君は今眠っています。もうすぐ目を覚ますでしょう。僕の声が聞こえますか？　君の髪を愛撫する僕の指がわかりますか？　僕はいつでも君の傍らにいます。けっして見失うことはないでしょう。君もまた僕のものだと言ってください。もう一度言ってください。そうすれば僕は君の言葉を糧《かて》にして、幸せに生きていくことができるから。

君に心からの口づけを送ります。君も僕に送ってください。

六月一日　パリにて

わたしはこの手紙に打ちのめされた。

あたしはパオロの純粋な魂になんという暴力をはたらいてしまったんだろう。パオロはもうミラノに帰っているはずだ。今ごろはあたしの手紙を読んでいるにちがいない。あたしはパオロが住んでいる稀有な夢の世界に泥足で踏みこんだのだ。まるで無垢《むく》な生きものを蹂躙《じゅうりん》するようなものではないか。苦しさから逃れたい一心で、取り返しのつかないことをしてしまった。しかし一方でわたしは、アンナを無神経に裏切り続けるほうのパオロとは、心をひとつにできなかった。アンナのなかにわたしはいつでも、自分と同じ弱い立場に置かれた女性を見ていた。ドクトル・ジバゴがラーラを思う心は美しい。でもあれを書いたのは男なのだ。ジバゴの妻が、あるいはラーラがあの物語を書いたら、あれほど美しくなったであろうか。

わたしは相容《あいい》れない思いを抱えたまま、悶々《もんもん》として日々を過ごした。半月が経ったころ、パオロから手紙が届いた。

――君の手紙に僕がどんな打撃を受けたか、改めては言うまい。君は書きながら、その効果を十分に知っていたはずです。

これといった理由もないのに君がどうしてこんな手紙をくれたのか、僕は自問してみました。和夫君とアンナのために？　そんなことは信じられません。

僕らが知りあったころを思いだしてください。君はあのころ、僕のなかにたんなる友人以上の男を求めていました。和夫君は現実家で、夢を見ることをまったくしないと嘆いていました。その君が、今度は現実生活の大切さを説くのですか？

君はもしかしたら、もう夢の世界に住むのに飽き足らず、現実にあるものをほしがるようになったのではありませんか？

君は僕に、この夏にイタリアから来るという医者の卵の話をしました、そのとき僕は強いて何も訊かなかった。でも君が友人の友人だというその男を躊躇《ちゅうちょ》なく家に泊めるということに、少なからぬ危うさを感じました。

僕は君に、夢の世界だけで我慢せよとは言いません。その医者が好きになって、和夫君を捨てる場合だってあるかもしれない。だが、そういったことは危険きわまりないことだとは知っていてほしい。

君があまりにも突然変わったから、僕には君の書いてきたことが信じられません。何かが君に起こったとしか考えられないのです。僕は君を愛しているし、一方では現実についての把握もしっかりしているつもりです。現実は見かけとは違うのだということも知っています。

伶子、判断を誤らないでほしい。君はひとりのパオロを見つけたが、パオロはまだいくらでもいるという錯覚は起こさないでほしい。

まだ言いたいことはたくさんあるけれど、考えれば苦しくなるばかりです。僕の手紙は全部大学宛に送り返してください。君はもう以前の君ではないのだから、僕からの手紙も君のものではありません。僕は君の手紙を送り返します。もし君に心があるなら、もう一度君の山ほどの手紙を読んでみてください。そうすれば、君が今度の手紙でどれほど多くの「永遠の約束」を破ったかがわかるでしょう。

八年間の交際のあとで突然「おしまい」はひどすぎます。ヨーロッパでは、たとえメイドに暇を出すときでも、一週間の猶予《ゆうよ》は与えるものです。
僕は繰り返し自問しています。君に何が起こったのかと。そして君のために恐れています。君は僕の夢を壊しただけではない。人間への信頼を失わせてくれました。でも僕は君を愛しています。けっして忘れないでください、僕が君を愛していることを。
アンナも君に短信を書きました。ここに同封しておきます。

同封されていた薔薇の模様のカードには、パオロの字よりゆったりした字がおおらかに並んでいた。

――怜子さん、美しいお扇子と、それからあなたがパオロに示してくださったご親切に、心からお礼を申します。またいつかお会いできるのを楽しみにしています。
和夫さんとお子さんたちによろしく。パオロはあなたのお子さんたちが大好きです。あなたへの深い愛情を込めて、もう一度ありがとう。

わたしはパオロの手紙とアンナのカードを代わるがわる読んだ。手紙とカードの両方に、パオロの姿が映って見えた。手紙にはわたしのかけがえのない恋人が、カードにはアンナの身勝手な夫が。わたしはパオロの疑問を解くために、二度目の「最後の手紙」を書いた。

――パオロ、もうお手紙は書かないつもりでした。でもあなたがおっしゃるように、わたしのほうから突然一方的に交際を断《た》ってしまうのはずいぶん失礼です。ですから一度だけお返事を書きます。

あなたは誤解していらっしゃるようです。こちらへ来る青年は、数年前に日本に来たナタリアの親しい友達なのです。彼がわたしの恋人になるなんて、思い過ごしもいいところです。まだ二十五歳を少し出たばかりの若者なのですよ。

あなたの手紙に同封されていたアンナのお手紙は、あんなに短いのにわたしの胸には応えました。もし彼女がわたしたちの関係を知っていたら、どうしてわたしに礼など言えるでしょう。

わたしにはアンナを裏切り続けることはできません。わたしたちは恋人以外の何ものでもないのですから、会わないでいるしか道はありません。友情だけを育もうなんて、男女のあいだではそんなにたやすいことではないようです。

わたしからの手紙は送り返してくださらなくてけっこうです。焼くなり捨てるなり、お気の済むようになさってください。

あなたのお宅へはときおりお便りします。気がとがめますが、アンナを心配させてはいけませんから。

さようなら、パオロ。コーヒーを飲みすぎないように、タバコを吸いすぎないようにして、お元気で研究に励んでください。

わたしはそれからパオロの手紙を全部まとめて送り返した。厚さ三センチの便箋の束には八年間のパオロの真心が濃縮されていた。わたしはその束を胸に抱きしめた。あたしはパオロが嫌いで別れるのではない。パオロの純粋さは心から愛している。あたしから突然冷たい手紙を受けとってオセロのように心を乱すパオロが切ないほど愛しい。

わたしはそんな気持ちを無理に抑えようと苦悩した。これはすでに過去のことなのだと、自分に何度も言い聞かせた。

それから一カ月、パオロから手紙はなかった。それは当然のことではあったけれど、毎日郵便受けを見にいって、手紙のないのは予想した以上に寂しかった。パオロを知らなかったときより、さらにひとりぼっちになったような気がした。

それからまもなくパオロから短い手紙が届いた。一カ月のあいだ悩み抜いて、苦しまぎれに書いたような手紙だった。

――返事は書かないつもりだったけど、でも書きたい気持ちがどうしても収まらないので、これを最後だと思って読んでください。

君はいつか、僕は君の胸に永遠に生き続けると書いてきました。あれは嘘だったのですか？　君が僕を本当に愛したことなどなかったのですか？　僕は君に嘘を言ったことはない。いままで変わらず君を愛してきたし、君のためを思って行動しなかったことはありません。ところが君はもう僕のことなどまったく考えなくなった。君には僕よりアンナのほうが大事なのですか？

僕はタバコもコーヒーも減らしません。どうしてそんな必要があるのですか？　精神のほうは病んで、もう癒《い》える見こみもなくなったというのに、ほかならぬ君が、今僕の身体を心配してくれるとは滑稽《こっけい》です。

伶子、君の幸せを祈ります。僕はいつまでも君を愛しています。僕のほうは嘘をつきません。僕は君を失って、ふたたび暗い闇を彷徨《ほうこう》する運命なのでしょう。

――パオロ、お手紙を読みました。わたしからのお返事もこれが最後です。

わたしたちの関係がこんなふうになってしまったのは、初めから家族を巻きこんでいたからなのです。わたしたちは家族の知らないところで偶然に出会ったというより、手紙を通して友達のように近づきました。手紙はあなたのいないあいだに家に着き、アンナはわたしの名前を友人のひとりとして覚えていったのです。わたしたちの関係がいつしか友達同士の域を超えてしまったなんて知らずに、わたしへの親近感をしだいに深めていったのでしょう。

地球の反対側にいる女があなたの恋人になるなんて、思いもしなかったでしょうから。だからわたしがブリュッセルに行ったときには、親友を迎えるように迎えてくれたのです。

パオロ、もしアンナに恋人がいたら、その男を愛することができますか？　その男から喜んで贈り物を受けとることができますか？

あなたのお宅はわたしのためにいつでも開かれているとおっしゃいますが、もしアンナに恋人がいて、彼があなたの家へ来たら、快く迎えることができますか？

あなたはアンナをあまりにも無視し傷つけています。もしわたしが夫を愛していて、しかもアンナのような立場に置かれたら、それこそあなたのおっしゃるように、人間への信頼を砕かれてしまうでしょう。

お手紙を読んで、あなたとわたしはよく似ていると思いました。わたしたちは極めつきのエゴイストです。あなたもわたしも多くのことを求めすぎて、そのためにいつも、不満を持ったり悩んだりするのです。

言い争いはもうやめにしましょう。あなたのお手紙はすでにお送りしてしまいました。夏休み中の大学からお宅のほうへ転送されていないことを願っています。

一九八三年七月十九日

わたしたちの八年にわたる〈愛の手紙〉のやりとりはこの一通で終わりを告げた。七月の末にパリから理恵にミニカーが届いた。理恵は大好きなミニカーを並べて無心に遊んでいる。これを送ったころ、パオロは理恵を愛していた。今でも愛しているだろうか。わたしはミケーレとルーカのことを思った。パオロの息子たちへの愛しさは変わらない。しかし彼らは、わたしを愛するはずがない。

わたしはパオロに礼状を書いた。返事はなかった。当然のことだけれど、やはり寂しかった。わたしのなかには絶えずふたりのパオロがいた。一方のパオロには抵抗を感じながら、もう一方のパオロへの思慕はなかなか消えてしまわなかった。

八月の中ごろ、家族で泊まっていた箱根の宿で夢を見た。夢のなかのわたしはイタリアを旅行していた。その日はある聖人の祭日で、街は着飾った男女であふれていた。人の群れを縫って歩いていくと、大きな建物にぶつかった。そこでは何か催しがあるらしく、華やかな服装の人びとが集まっていた。入り口には大きな花束が飾ってある。わたしは吸い寄せられるようになかへ入っていった。左手に目をやると、入ってくる人びとにアンナがにこやかに花を配っている。その愛くるしい笑顔がふとわたしを捉えた。すると表情がにわかにこわばった。と見る間に目が落ちくぼみ、表情が醜くゆがんだ。

「あたしも息子たちもあんたが嫌いだよ！」

アンナは老婆のようにしわがれた声で吐き捨てるようにそう言った。

わたしは動転して、建物の奥のほうへあわてて駆けだした。そこは劇場らしく、ずっと向こうにステージが見え、椅子が階段状に並んでいる。わたしは最前列まで走って行った。ふと気がつくと、目の前の列のいちばん端にパオロがいる。わたしの心臓がとくとくと打ちはじめた。わたしに気づいたパオロが、一瞬大きく目を見開いた。

わたしは横にあったドアを反射的に押しあけた。ひた走って建物の裏に出ると、右手に大きな門が見え、その向こうにらせん階段が迂回しながら下っている。

高鳴る胸を抑えながら階段を駆け下りていくうちに、上から人の足音がした。数段を抜かしながら急速に近づいてきた足音は、わたしの傍らで止まった。わたしも無意識に足を止め、そっちを見た。パオロだった。彼はカーキ色のワイシャツの襟をはだけネクタイをゆるめた姿で、荒い息を吐きながら射るようなまなざしをわたしに向けていた。

わたしははっとして目を覚ました。外は薄明るく、こぬか雨が降っていた。わたしは息を止めて瞳のなかのパオロを凝視していた。幸せだった。信じられないほど幸せだった。このまま時間が止まればいいと思った。もう誰もいなかった。アンナも和夫も子どもたちも。ここはどこなのだろう。天国なのだろうか。もうあたしは悩まなくていいのだ。パオロが好きなのだから、パオロを愛せばいいのだ。

それはうつつのなかのほんの一瞬の夢だった。理性がパオロを拒否しても、感性はいつまでもパオロを求めて止まなかった。

八月の末に、わたしの手紙がすべて送り返されてきた。全部で百十四通、八年間の総決算だった。机の上に重なった便箋の一枚一枚に、口づけのあとがローズ色の花模様を描いている。髪の毛は小さならせん模様を作っている。それはかつて生きていた伶子という女の亡霊のように見えた。その亡霊はある種の親しみとかすかな嫌悪を生んだから、過去との決別の儀式でもするように、手紙と髪をひとつにまとめて紙袋に入れ、くずかごに捨てた。それから短い礼状を書いた。

——パオロ、昨日わたしの手紙と髪の毛が届きました。髪の毛をなんと美しく保存してくださっていたことでしょう。まるで繊細な刺繍《ししゅう》を見るようでした。

この夏は箱根の、あの湖のほとりで数日を過ごしました。深い青緑色の湖を眺めながら、あなたの言葉を思いだしました。僕は富士山で、君はこの湖なのだ……。朝には霧の立ちこめる林のなかを散歩しながら、あなたのことを考えました。するとたゆとう霧のなかに、あなたの姿が見えました。夜にはあなたの夢を見ました。その夢にはアンナが出てきて、わたしを憎んでいると言いました。

今から十年後も、わたしたちはまだこの世にいるでしょうか。ふたたび一緒には歩めないとしても、あなたはいつまでも、わたしのなかに生きています。

十月の半ばにパオロから返事が着いた。それはかなり素っ気ないものだった。

——夢は現実を反映するものではなくて、内心を反映するものです。現実のアンナは君を憎んではいないし、僕のほうは……いやもうそんなことはどうでもいいでしょう。君はもう、僕の言うことになんか耳を貸さないだろうから。

君の手紙を返したのは、そこに書かれた心情がもはや現実のものではないからです。ただそれだけの理由です。ごきげんよう。

十月三日

パオロとの別れは、かたちのうえではかなりきっぱりした勇断のように思えたけれど、その後のわたしを待っていたのは、深い沼の底をさまようような憂愁の日々だった。もうあたしは誰にとっても必要な人間ではなくなった、子どもたちが大きくなったら、いつ死んでも悔いはない。わたしはうつろな心を抱えながら、小林秀雄の本にあった、「世捨て人とは世を捨てた人ではなくて、世が捨てた人だ」という言葉を思いだした。

ある日、犬の散歩の途中で、パオロによく似た後ろ姿を見かけた。その人はわたしの十メートルほど先を前かがみになって歩いていく。わたしは思わずその人のあとをつけるように歩を速めた。こちらを向いたらパオロにちがいない。

その人はしばらく行くと、人の気配を察してか、ふいに後ろを振り向いた。それはパオロには似ても似つかぬ男だった。わたしは思わず顔を背けた。パオロの幻影はその後もそう簡単には消えなかった。消したつもりの情念も、ときおり思いがけないはげしさでわたしを揺さぶり、別れたことを後悔させた。

その年の大晦日には、毎年あったパオロからの電話がなかった。ないのはわかっていても寂しかった。

三月の末にバースデイカードが届いた。

五月にはプリンストンから絵はがきが届いた。

六月にはパリから絵はがきが届いた。

七月の末にはシチリアから絵はがきが届いた。

わたしはその一通一通に、絵はがきで返事を認《したた》めた。

第八章　家族の転機　一九九三年

パオロとの決別は、わたしにとっては一大決心の末の出来事だったけれど、パオロにとってはそうではなくて、狐につままれたような、何かの間違いのような出来事であったらしい。彼にしてみたら、わたしがそれほどアンナにこだわることが不可解だったのだろう。そのため彼はそのあとも、クリスマスやわたしの誕生日にはかならずカードを送ってきたし、読んだ本の感想を伝えてきたりもした。

「君の国の織り姫と彦星だって年に一度は会っているよ。それで僕たちのほうは恋人同士だって言えると思う？」などと、わたしが面食らうようなことを書いてくることもあった。

年に一、二度、午後の四時を過ぎたころ、電話のベルが二回鳴ることもあった。二回鳴って切れると、わたしは電話機に目をこらしたまま次のベルを待った。鳴ったら出るかどうかは決めかねていた。けれどもベルはいつも二回でおしまいだった。電話の主がパオロであることは疑わなかった。パオロの声は聞きたかったけれど、躊躇している間もなく切れてしまった。

評判のフランス映画を観たのはそんなある日のことだった。その日は仕上げたエッセイの翻訳原稿を送りがてら、繁華街に出た。書店に寄ってから、行きつけの映画館に足を向けた。上映中の映画は評判が高いことは知っていたけれど、どんな内容なのかはわからなかった。

　自主上映が多い映画館だから、ふだんは八十ほどの席の三分の一が埋まればいいほうだった。けれどもその日は、ほとんどの席が女性客で埋まっていた。映画が始まり、主人公らしい男をひと目見て、思わず息を呑んだ。細面に鼻筋の通ったクールなマスク。かすかに笑みを浮かべた薄い唇。栗色と渋いブロンドが気まぐれにまざったような髪の色。内面を覗くような深いまなざし。薄いブルーのシャツに繊細な心を包んだような身のこなし。

　わたしは身じろぎもしないで、画面にふいに現れたパオロに目をこらした。パオロ、あなたは映画に乗って日本へ来たの？　と思わず呼びかけたくなった。その俳優はパオロに瓜ふたつではなかったけれど、かもし出す雰囲気が彼のそれによく似ていた。画面のパオロはわたしが知っているパオロよりいくつか年上の感じだった。だからなおさらのこと、今イタリアにいる彼その人のような気がした。観ているうちにわたしは、それが映画であることも忘れかけた。画面のパオロが空港に車で着けばわたしを迎えに来たのだと思い、森に入ればもうすぐ切り株があるような気がし、家へ帰ってくれればコーヒーを淹《い》れてあげたくなり、ほほえみかければわたしもスクリーンの彼に笑みを返した。

　情熱におぼれて地位もなくし破滅してゆく男と、その男と運命をともにするために夫も子ども捨てた女。ふたりだけの名もない幸福を選んで、都会の片隅でひっそりと生きはじめた慎ましい男女。映画のなかのふたりの出会いはトリスタンとイゾルデのようにはげしく、そしてフィナーレは僧院の中庭のように静かだった。映画が終わってライトがついても、わたしは席を立てなかった。放心したように、パオロが消えていった画面を見つめていた。次の上映を待つ人たちがちらほらと入り始めた。わたしは目のなかの残像を追いながら、路地裏の小さな映画館をあとにした。

書店のある通りに出ると、いつものカフェに入ってホットコーヒーを頼んだ。衝撃はまだ冷めやらず、自分が信じられない思いだった。パオロによく似た俳優はすでに何度か見ているはずだった。でもそれまでは、パオロに似ているなんて思ったこともなかった。どうして今回だけ、パオロの姿に重なったのだろう。映画の筋のためだろうか。わたしの心象の反映なのだろうか。アンナのためにあんなにやっきになって消し去ろうとし、もう忘れかけたつもりでいたパオロへの情熱。忘れたと思っていたのは錯覚に過ぎなかったのだろうか。

それから数日後のこと、わたしは久しく見なかったパオロの夢を見た。

そこは大学だろうか、殺風景な広い部屋のまんなかに机がひとつだけぽつんとあって、その前に男が座って何か書類をめくっている。ドアをあけたわたしに男は顔を上げて、このうえなく優しい笑みを浮かべた。パオロだった。

「やあ、君か」

パオロはまるでわたしが来るのを待っていたかのように、そう言って立ちあがった。

「外へ出ようか。ちょっと待っていてくれたまえ」

パオロはマフラーを首にかけると、ツィードのコートをはおって部屋を出てきた。とても温かい表情をしていた。彼の全体がやわらかくやさしく幸せそうだった。

パオロとわたしは並んで歩いた。彼はときおり斜め上からほほえんだ。目がじつに穏やかで美しかった。そんなパオロは見たことがなかった。

そこでふいに目が覚めた。夢はたったそれだけだった。空が白みかけている。目のなかにはパオロの笑顔がまだ生き生きと残っていた。わたしは心から幸せだった。天空を飛翔するふたりの姿が目に映った。ふわりと浮かんで窓ガラスを通り抜け、空にのぼって大気圏を抜け、暗い宇宙も抜けてはるかかなたの花園に舞い降りるふたりの姿が。

この内面の写し絵は、わたしの本心の偽りない表れにちがいなかった。


その日もわたしは夫とふたりでテレビドラマを見ていた。夫婦がテーマのドラマからは、妻の浮気を知って悩み苦しむ夫の気持ちが生き生きと伝わってきた。わたしにはその妻がとてもうらやましかった。

和夫がそのドラマの夫のような人だったら、恋人を持つことなどあり得なかっただろう。そう思うとなんとなく不愉快になってきて、夜ベッドに入ってから、「あたしにも恋人がいたのよ」と、我知らず口にした。和夫には聞こえていないようだった。

次の日和夫は、朝食のテーブルでコレステロールの話をしていた。「この年齢になったらコレステロールの管理は欠かせないね」と彼は、ポタージュを飲みながらゆっくり説いた。

わたしは、昨夜うっかり口にした不倫の告白めいた言葉が気になっていた。だから、この人には妻の浮気よりコレステロールのほうが気になるんだと思うと拍子抜けがした。

夫は普段から、やっかいごとにはそっぽを向く人だった。妻の浮気で自分が悩むなんて、そんなつまらないことがあるだろうかと、そう考えていたのかもしれなかった。夫がそんなふうだから、わたしがパオロを愛し続けることは、たいしてむずかしいことではなかった。

和夫は「悪意」という強い感情を持つには人間が弱すぎた。わたしが不愉快と感じた彼のさまざまな態度は、彼自身にもどうにもならない生来の弱さから出たものだった。だからと言ってわたしの不愉快が減じたわけではなくても、わたしにはその程度の不愉快なら我慢できる理由があった。

四十代に入ってまもなく翻訳の一作目を出版し、それがある程度の成功を見たころから、わたしの頭にあるのはもっぱら翻訳のことになり、翻訳で一本立ちをすることが唯一の目標になっていた。夫との生活はわたしの気持ちを満たすものではなかったけれど、彼が翻訳一筋で生きたいわたしを支えているのは明らかだった。和夫はわたしの将来を固めるための、経済的基礎を守る唯一の人になっていたのだ。

こうして自分の将来への足がかりをつかみかけたわたしにとって、かつて頭から離れなかった離婚という考えは、むしろ将来への発展を妨げるマイナス要因になっていた。


進むべき唯一の道と確信した翻訳の仕事には、四十代の半ばを過ぎたころから方向らしいものが見えてきた。きっかけになったのは、およそ生涯にわたって親交を深めることになった、イタリアの社会学者フランチェスコ・アルベローニ氏との出会いだった。彼は社会学の分野で重要な著作を次々と世に問う一方で、ときたまユニークな恋愛論も展開していた。

恋愛はわたしにとっては、かなり前から身近なテーマになっていたから、彼自身の体験から生まれた迫真の恋愛論に出会ったとき、その斬新な内容に魅了されて、翻訳という仕事に初めて本腰で向きあうようになった。

アルベローニ氏の恋愛論のなかでとりわけわたしの意識を刺激したのは、「わたしたちは誰でもふたつの領域を生きている。一方は具体的で日常的な領域であり、他方は観念の領域である」という言葉だった。

そして、「恋愛という体験が属するのはこの観念の領域で……」という一節を読んだとき、わたしは深くうなずいた。これこそわたしが、パオロとの体験を重ねるうちに次第に気づいていったことなのだ。観念の領域とは言っても、そこに実体験が入ってくるのはごく自然のことで、わたしたちはその体験を惜しみなく享受《きょうじゅ》してきた。

しかし恋愛が観念の領域に入ることを実体験として納得したのは、ほかでもない、わたしたちの恋愛が長年にわたるものだったからなのだ。パオロとの恋愛は、さまざまな事情があって観念の域に生きざるを得なかった。その独特な事情が、ふたりの恋を真のそれにしていったのだ。

アルベローニ氏はさらに、非日常的な領域にあるのは「気高く崇高《すうこう》で貴重なあらゆるものの蒸留物である」と述べ、「後世に語り継がれるほどの恋愛は、それが実体験であれ小説であれ、ほとんどすべてがこの領域に属している」と説いている。

わたしはこのアルベローニ氏の考え方に深い共感を覚え、衝動に押されるようにして彼の著書の翻訳に取りかかった。アルベローニ氏の語る言葉は、まるでわたしとパオロの関係を解き明かしているようだった。

わたしが訳したアルベローニ氏の恋愛論は、目を惹く装幀の助けもあって急速に部数を伸ばし、たちまちベストセラーになった。それに合わせて出版社が作者を日本に招いたが、その折りに彼の宿になったのは、以前にパオロが泊まったホテルだった。わたしは記者会見の打ち合わせのためにアルベローニ氏の部屋に向かいながら、パオロとのひとときを思いだしていた。ふたりの男にはどこか似たところがあった。どちらもナイーヴな男っぽさを持っていた。

恋愛論に続いて翻訳出版した女性作家の小説も、書店に並ぶが早いかベストセラーになり、こちらも著者が来日して記者会見をしたり、テレビの番組で取りあげられたりした。

四十代もまもなく終わろうとするころになって、わたしの悲願だった翻訳での一本立ちが、こうしてほとんど一気に実現することになった。

その後の道のりは比較的順調で、多少の困難は伴いながらも、波に乗ったという感じだった。訳す本がベストセラーになることは少なくなかったし、日本での販売部数が本国よりはるかに伸びて作者が驚くという、うれしい現象が起こることもあった。

わたしは意識して、作者が存命の作品に目を向けた。翻訳は作者と訳者の共同作業で、本に書かれていない作者の本音や心情などを知って初めて血の通った仕事ができると、つねづね考えていたからだ。だから訳す本が決まると同時に作者に連絡し、サポートをお願いした。作者の考え方や感じ方を確かめながら訳すことは、じつに心安まることだった。

しかし、わたしが選ぶ本を徹底的に嫌う相手がふたりいた。それはほかでもないパオロと、高校時代に予備校で知りあって以来の友、逸子だった。心情的にわたしにもっとも近いと思っていた彼らが不快感をあらわにしたことは、かなり残念なことではあったけれど、ある意味では当然のことでもあった。

逸子とパオロには、性格や価値観の点で似ているところがあった。ふたりとも俗物性を忌み嫌った。だからわたしが訳すものを知ると眉をひそめた。そんなばかげた仕事で時間をつぶすのはもったいない、もっと価値ある本を選ばなければ翻訳する意味がない。ふたりは、一方は日本に、他方はイタリアにいたのに、まるで申しあわせたようにそう言って、訳した本を送っても、目を通さないどころかたちまちごみ箱行きになりそうだった。

だからといって、わたしが自分に染みついている俗悪さを脱ぎ捨てることはできなかった。母は江戸時代から続く商家の出だったから、わたしにも母親譲りの商魂がしっかり根を張っていた。翻訳という仕事は無上の楽しみだったけれど、売れないとわかっている本は訳したくなかった。

パオロも逸子も、日ごろのわたしの仕事に失望はしていても、わたしを見限ろうとはしなかった。わたしにしても、たとえふたりがわたしの一部を受け入れようとしなくても、友達でなくなる理由にはならなかった。

わたしの周囲の状況がにわかに動きはじめたのは、二作目のベストセラーを出した五十代初めのころだった。その年には、息子の洋一は結婚して家を離れ、理恵も大学を卒業して社会人としての一歩をスタートしていた。

ある日のことわたしは、以前から考えていた計画を夫にさりげなく打ち明けた。その計画は、わたしが経済的に自立できる見通しがついたときから、自然に頭を占めるようになった思いだった。

夫の父親が建てた家に住むことの抵抗感は、わたしのなかでは消えずに生きていた。しかしその感情を具体化するには、何よりもまずそれなりの力をつけることが肝要だった。その条件が、わたしが経済力をつけ始めたことによって、運よく満たされることになったのだ。

ここまで来たわたしがするべきことは、家を出ること以外になかった。身につけた経済力を利用してひとりで家を出る、という考えは、頭の隅にも浮かばなかった。それでわたしが幸福になるはずもなかった。

わたしは子煩悩で、動物好きで、彼らはわたしにとって、生きるための貴重な糧《かて》だった。だから新生活も、彼ら抜きには考えられなかった。

わたしはわたしなりの夢を描きながら、心にある計画を和夫に打ち明けた。わたしの経済的基礎がほぼ安定しそうなことのほかに、前年に他界した和夫の父親が遺産を残してくれていること、あと数年で和夫が退職金を受け取るはずであることも言い忘れなかった。だからこれだけの資産を基盤にして、ふたりの子どもたちの新たな住まいと、わたしたちが暮らす新たな場所を考えていきたいと。

和夫は半信半疑の面持ちでわたしの話を聞いていた。父親から譲られてから三十年の余を過ごしてきたその家を、今さら離れるなんてとは思っただろう。しかし、洋一に後を継がせたらというわたしの言葉に、なんとか納得できたようだった。

和夫の驚きや戸惑いを横目で見ながら年来の計りごとを着々と進めていくうちに、わたしたち夫婦と理恵が住むのに手ごろなマンションもほどなく見つかった。理恵はかねがねマンションというところに住んでみたいと言っていたから大喜びだった。いつか理恵の結婚が決まったら、わたしたちふたりはそこを出て新しい家を見つけるつもりで、洋一たちは改築が終わったら、生まれていた男の子を連れて、新しくなった家に移り住む手はずだった。

いよいよ家を離れる日、和夫は父親から譲られた君子蘭《くんしらん》をわが子のように抱いてきた。その十株ばかりの蘭はその後も数十年にわたって元気に花を咲かせ、和夫の思いによく応えていた。

こうしてわたしたちは翌年にマンションに移り、その後洋一の家族が、改築した家に移り住んだ。

第九章　パオロの生家へ　二〇〇六年

パオロと最後に会ってから二十年あまりが過ぎたころには、仕事の歯車がフルスピードで回転し、翻訳する本の数が驚くほど増えていた。以前には原書はすべて自分で購入し、そのなかから訳す本を選んでいたのに、このころには翻訳エージェントや出版社から本や目録が次々と届き、仕事のうえではまさに最盛期という感じだった。

日常生活のほうにもめまぐるしい変化があった。理恵が結婚し、わたしと和夫は新たな住まいに移っていた。洋一の息子はふたりになり、追いかけるように理恵の夫婦にも娘と息子ができていた。

二十年のあいだパウロに会うことはなかったけれど、親しい友人同士のようなやりとりは続いていた。読んだ本の感想を伝えあったり、「赤とんぼ」の歌詞の意味をパオロが電話で訊いてきたり、アルベローニ氏の恋愛論について一緒に考えたりした。しかしその実、真意は別なところにあって、ふたりともそのときどきの相手の心のなかを覗いてみたかったのだ。

友人同士の何気ないやりとりのようにしか見えない手紙のなかに、ふたりの胸中ではげしく摩擦しながら生きている、喜びやエロティシズムの波があった。たとえばある日のやりとりにも、その一端は窺えた。

このときにパオロから来たのは手紙ではなくて俳句だった。彼は好奇心が人一倍強く、わたしを知ってから、日本への関心もかなりの程度に深まっていた。わたしにも、普通の手紙の代わりに俳句が届くことがたまにあった。

——伶子、また俳句がひとつできたけど、僕がどうしてこんな俳句を作ったかわかる？

Che freddo fa qui…　　この寒さ
Ma fuori, che'dentro c'è'　　けれど外だけ
caldo, l'amore　　なかは灼熱

——もちろんわかります、だってわたしがあなたに抱いている気持ちそのものですもの！

——君は stregare《魔法をかける》 っていう言葉の意味は知ってるよね。もし誰かが僕にいつか、君は妻ではない女性に熱を上げるようになるだろうと言ったら、おまえは頭がおかしいのかと言ったことだろう。ところが今の僕は……まさにその通りになってるじゃないか。僕がどんなに

自分の頭を冷やそうとしているか、君にはわかるまい。僕は口にも出せないことを言いたくなって、それから慌てて自分を抑え、それでもまだ喉もとまで上ってくるから、それじゃ手紙に書こうかと思うんだ。そう思うそばから、「こんなことを書いたら伶子は気を悪くしないだろうか。いやそれだけでなくて、僕を厄介な奴だと思うようにならないだろうか」と考える。そこで君だけが答えることのできる問いを僕自身にしてみる。でもこれは君に訊いてみなければ、君の答えは聞けないじゃないか。そこで僕は決心したんだ、君に訊いてみることに。

じゃあ訊くね。伶子、僕がもう一度、横浜や箱根でしたように君を抱きたいと言ったら、君はなんと言う？　君をしっかり抱きながら、君の乳房をまさぐりながら、僕が口づけをしたあのしなやかな長い髪を愛撫しながら、目をつぶれば目の前に君がいるように夢見ながら、君の唇を求めたいと言ったら？　君のヘアを愛撫しながら僕が夢見るように、君もまた夢見る気分になるだろうか。僕の俳句に、君の気持ちも僕のとそっくりだと返事してくれたように、僕に気持ちを重ねてくれたら、僕はどんなにうれしいだろう。

――パオロ、あなたの質問にはもちろん大声で「イエス！」とお答えします。でも近ごろは仕事が忙しすぎて、お手紙をゆっくり読んでいる暇もありません。この半年のあいだにあなたからいただいたお手紙は、もう一センチほどにもなるのです。

翻訳の仕事のほうは、今は二作をほぼ同時に進めていますが、こんな経験は初めてです。あと半月も経ったらいくらか余裕が生まれて、あなたからのお手紙をゆっくり読めるかしらと思っています。

こんなやりとりのなか、届いたバースデイカードに予期しなかった誘いを見つけたのは、三月のある日のことだった。

「僕たちはこの春、ミラノからヴァレーゼに引っ越すことになりました。新居は父が数年前に他界してから空き家になっていた家ですが、僕が毎日大学に行く必要がなくなったので、近々移りたいと思っていたのです。湖畔の林のなかなので、とても気持ちがいいところです。和夫君と一緒に、ぜひ一度遊びに来ませんか」

わたしはこの思いがけないニュースに驚いて、何度も読み返しているうちに、ぜひ行きたいと気持ちが高ぶった。そういえばパオロはもう七十歳を過ぎていたのだ。

その年は五月に、次の作品の舞台になる町を訪ねるつもりだった。しかしヴァレーゼにはぜひ寄りたかったから、さっそくその旨をパオロに知らせた。

そんなわけで、その年のイタリア行きはいつにない期待に胸がふくらんだ。もう長年逢っていないパオロやアンナとの再会が待ち遠しかった。パオロには、和夫は来春には退職するのでその後一緒に訪ねたいと伝えておいた。

五月の初旬、トリノのブックフェアを見終えてからミラノに向かうと、当時定宿にしていた、駅前のホテル・ブリストルの三階の部屋に旅装を解いた。窓を開けると目の前に、見慣れた駐車場が広がっている。明日にはそこにパオロの車が着くはずなのだ。三十年前に彼が乗っていたのは白いプジョーだった。明日も同じプジョーだろうか。

わたしの脳裏にあの日の情景が映り、ブリュッセルの空港で初めてパオロに出会ったときの胸を圧迫されるような緊張感が、つい先ほどの出来事のように蘇った。

翌朝十一時、約束のほぼその時刻に電話が入った。わたしは騒ぐ気持ちを抑えながらエレベーターでロビーに降りた。ロビーには人影がまばらだったから、パオロらしい人はすぐにわかった。その人は向こうからわたしの姿を認めると、エレベーターのほうへまっすぐに歩いてきた。

それはほかでもない、いつかのわたしのパオロだった。彼はわたしの前まで来ると、微笑みながらちょっとかがんで、「伶子」と小声でわたしを呼んだ。「よく来たね。もう会えないかもしれないと思っていたよ」

わたしは三十年前の初恋のパオロを目の前にして、信じがたい気持ちでその目を見つめ、声を聞いた。何度も手紙をやりとりしながら、頭のなかにしかいなかったパオロが今、目の前にいる。何かがいきなりこみ上げてきて、涙が不用意に頰を伝った。パオロはわたしをしっかりと抱きしめて、ありがとうと何度も言った。

パオロは以前よりいくらか恰幅がよくなっていたけれど、シルバーグレイになった髪はまだふさふさしていた。彼は前より一層小さくなったわたしを抱きしめたまま、しばらく動かなかった。

駐車場に戻って白いプジョーに乗ってから、まもなく狭い空間を満たしたのは、田園《パストラル》の旋律だった。パオロが左横からわたしを包むように抱き寄せた。わたしはあのときの胸のときめきと不安を思いだした。若かったわたしは、歓喜と苦悩が待ち受ける恋の入り口に立っていたのだ。うぶで無知で頼りなかった自分の姿が目に浮かんだ。

車は街なかの道路を抜けて田舎道を通り、湖に沿ってしばらく走ると、右にゆるやかに折れて唐松《からまつ》の林に入った。気がつくと明るい空が真上にぽっかりと広がっていた。その小さな空き地でパオロが車を止めた。わたしたちは車を降りて、高い木々のあいだから差す日の光を浴びながらしばらく歩いた。わたしを抱き寄せるパオロも、わたしも無言だった。遠くなったあの日のことが、どちらの胸にも蘇っていた。まもなく丸い数個の切り株をベンチのように並べた一隅に出た。ベンチはわたしたちを誘うようにして、柔らかな日の光のなかで待っていた。

ベンチに腰かけると、パオロがわたしの肩をそっと抱いた。そして甘い口づけをした。

「やっと会えたね。長かったね。でもいつかは会えると思っていたよ。どうしても一度は会わなきゃってね」

「僕はここを通るたびに、いつか君とここへ来る日を思い描いていた。〈僕らの部屋〉って覚えてる？　あれってきっとここのことだったんだよ」パオロは静かに微笑んだ。「僕らが一番僕らしくなれるところって、こういうところなんだよね。こういうところがあって、そこに君がいるから、だから僕は生きてこられた」

柔らかなまなざしを向けるパオロに、わたしは小さな微笑みを返した。

パオロがわたしを誘ったのは、そのことをここで言うためだったのかもしれない。彼はわたしを深く抱いたまま、惚けたように動かなかった。わたしに一番伝えたかったことを口にして、心からほっとしているみたいだった。

そのときに交わした口づけは、一生忘れられないものだった。

車は別荘《ヴィラ》風の家がちらほらと見える木立のあいだをしばらく走って、ひときわ背の高い木々に囲まれた一隅に来ると、ゆっくり止まった。木々のあいだから、淡いベージュのレンガ造りの二階屋が見えた。ほどなく玄関のドアが開いて、アンナらしい女の人が出てきた。

アンナはブリュッセルで会ったときより一層ふくよかになっていた。両手を大きく広げながらそばまで来ると、天使の笑みを浮かべてわたしを抱きしめた。その柔らかな感触に、彼女だけが持つ温かさを思いだし、一瞬胸が苦しくなった。

玄関に続くリビングに入ると、アンナはわたしをダイニングルームのほうへ促してから、あわただしくキッチンに入っていった。手伝いをしたいと言うわたしを制して、「あなたは大事なお友達だから」と言いながら、軽く目配せをした。

アンナが食事の用意をしているあいだ、パオロが家のなかを案内してくれた。父親は植物学者だったそうで、リビングに続く奥の書斎は、天井まで届くほどの本で左右の壁が埋まっていた。突き当たりの背の高いガラス窓の下に、大きな木製の書き物机があった。パオロはわたしへの手紙を、そこで書いているのだろうと思った。二階には寝室のほかに三部屋あって、古い映画に出てきそうなクラシックな雰囲気が感じられた。

パオロとアンナが見せるわたしへの気遣いは、過ぎ去ったいつかのように温かかった。パオロはアンナに、病気がちな老妻をいたわる優しい心遣いを見せていた。わたしにはそれが胸に迫るほどうれしく、心の奥を長年密かにむしばんでいたとげが、無意識のなかに溶けてゆくようだった。

翌朝は十時ごろにパオロの家を出た。アンナはふっくらした身体でわたしをふわりと包み、温かな抱擁をした。またいつかいらっしゃいねという言葉には、近づくどんな人の気持ちもほぐさずにはいない、生来の優しさがにじみ出ていた。その優しさが深い分だけ、わたし自身の罪深さが身に染みた。

その日は午後にミラノのソフィア夫人と、スフォルツェスコ城で開かれるという、ヴァイオリン製作の実演を見に行くことになっていた。

ミラノの駅前駐車場に着くと、パオロはふたたびわたしを力いっぱい抱きしめた。唇を合わせたまま胸のふくらみを掌に包み、しばらくそのまま動かなかった。

それから一呼吸置くと、きまじめな表情でゆっくり言った。

「伶子、僕のところへ帰ってきてくれてありがとう。僕はいつからか君の姿を見失ったような気がして、放浪しながら生きている気分だった」

わたしはその言葉に、息を止めて彼を見つめた。

「気がついたらもう七十歳を越えて、いつの間にか老人になっていたよ。アンナだけでなく僕だって、いつからか身体に何かを棲まわせている。来年のことなんて、誰にもわからない。だから……もしかしたらもう二度と君に会えないかもしれない……っていう思いが常にあった」

わたしは息を止めたまま次の言葉を待っていた。

「それで、引っ越しという機会に乗って、君を呼んだら来るだろうかって、半信半疑で誘ってみた。誘ってよかった。ほんとによかったよ。それで君に会えたんだから」

パオロはそう言って、柔らかな笑顔を見せた。

「ありがとう伶子、僕に会いに来てくれて。あと何年かわからないけど、君はいつまでも僕のそばにいてくれるね？」

わたしの涙は、頬を幾重にもぬらして止まらなかった。何度もうなずきながら、パオロの顔をじっと見ていた。

「来年は和夫君と来てほしい。日本で僕にしてくれた親切の、お返しがぜひしたい。待っているよ……死なないで」

パオロはまじめに言いながら微笑した。わたしはまた何度もうなずいた。仕事にかまけて長い年月パオロのことを忘れかけていた自分が情けなかった。手紙に見るパオロはいつまで経っても青年のようなのに、目の前の彼には、すでに老人の面影が浮かんでいた。

イタリアから帰ったあと、わたしの礼状に応えるようにパオロから短い手紙が着いたのは、六月も終わりに近いころだった。

——伶子、遅くなったけど写真ができあがったので送ります。君が発ってからまもなく僕らは、ミュンヘン、ドレスデン、ライプツィッヒを経由する、ベルリンまでの旅行に出ました。

君は今ではもう売れっ子の翻訳家で、仕事に追いかけられているみたいだけど、僕の君は昔のままの君だった。和夫君はもうじき退職するそうだけど、そうしたらぜひこっちに来てくれたまえ。君はもうイタリアを存分に見ているけれど、彼にもほんの一部でも見てほしいからね。

——パオロ、うれしいお便りをありがとう。ヴァレーゼでの二日間は忘れがたいひとときでした。

ええ、今度はぜひ和夫とお訪ねします。彼は初めてのヨーロッパ旅行をとても楽しみにしています。おふたりにお会いできたら、素晴らしい思い出になることでしょう。

パオロ、わたしはいつでもあなたと一緒に〈わたしたちの部屋〉にいます。いつでもどこでも一緒です。何よりも大事なことを思いださせてくださって、ありがとう。

この年の旅はこうして、パオロの心情を知って、わたしのその後の人生を深めるための、かけがえのない経験になった。

翌年には和夫と一緒に、ドイツから始めてヨーロッパの六カ国を訪ねる、半月の旅をした。最後にイタリアに入ったのは五月の末で、このときもパオロがミラノの中央駅まで迎えに来てくれた。

パオロは和夫に会えたのがよほどうれしかったのか、和夫が照れるほどの歓迎ぶりだった。車に乗ると前年のパストラルに代わって、賑やかなおしゃべりがずっと続いた。

湖岸をしばらく走って林のなかの小径に入り、前の年にパオロとひとときを過ごした空き地を横目に見ながら高い木の茂る一角まで来ると、レンガ造りのパオロの家が見えた。

間もなく姿を見せたアンナが、両手を広げながら迎えに出てきた。わたしを柔らかく抱き、それから初めて会う和夫に温かな歓迎の抱擁をした。

昼食にはアンナの心づくしの料理を堪能し、パオロの誇るベルギー産の特級酒を賞味した。

昼食の後には、ミケーレやルーカのアルバムをめくりながら、あっという間に過ぎた三十年を懐かしんだ。

息子たちはふたりともコンピューター関係の仕事をしていた。ミラノにいるミケーレには子どもがなく、ロンドンに住むルーカは二度目の結婚で、今は一女の父親になっているそうだった。

パオロは片言ながら日本語も、わたしの子どもたちとのやりとりも、じつによく覚えていた。子どもたちとの遊びはよほど心に残ったのか、洋一と理恵がもう三十代の大人になっているなんて、信じられないようだった。

夕食は湖畔のレストランだった。わたしたちはどこから見ても、久しぶりの邂逅《かいこう》を楽しんでいる旧友夫婦のようだった。

湖のかなたに広がる夕暮れどきの空は詩的で神秘的だった。ふっとため息を漏らしながら視線をパオロのほうに移すと、何ごとかを秘めた彼のまなざしに出会った。そのまなざしは言っていた。怜子、もしかしたらこれが僕たちの……。わたしははっとして彼の目をじっと見つめた。ええ、本当にそうかも……。

それはほんの一分足らずの、ふたりだけの会話だった。でもそれは一生にも値しそうな、秘めやかなのにすべてを語る、忘れがたい会話になった。

翌日も空はすっきりと晴れ渡り、空気が冷んやりと澄んでいた。その日はマッターホルンを見に行こうと、パオロが前日から言っていた。濃紺の空にそびえる峻嶺《しゅんれい》は期待に違《たが》わぬ絶景で、切り立った峰が春の空にくっきりと神々しい姿を描いていた。

第十章　実らなかった試み　二〇一三年

パオロを訪ねた翌年は梅雨明けが遅かった。七月も末になってやっと真夏の空が広がったある日、パオロから手紙が来た。

――アンナとリド島で短い休暇を過ごしたあと家へ戻ると、君の絵はがきが届いていました。

君にはもう孫が四人もいるなんて！　君に初めて手紙を書いた当時、理恵ちゃんは三歳くらいだったと思うけど、もう三十代も半ばになっているなんて！

君が子どもたちの話をしたから、僕のほうも伝えておこう。

急な話だけど、ミケーレが今年の四月に他界しました。リンパ腫のために一年ほど前から入院していたのです。僕らの悲しみがどんなだったか、君には想像がつくだろうか。アンナは今もまだ精神的にかなり不安定です。

ルーカの娘はもう高校生になっているけれど、ロンドンに住んでいるのでたまにしか会えません。

僕は昨年の秋に心筋梗塞を発症しました。でも病院が近かったので、すぐに適切な処置を受けられました。しかし同じころに受けた検査で、結腸に「不審なもの」が見つかりました。そこで胃をかなり切除し、大腸も二十センチばかり切りとりました。僕の体内は、どこかを何か腫瘍状の怪しいものがうろついているみたいです。

ピランデッロの詩にあるように、僕も今生きているのは「果てのない世界」だと思うし、僕はそのなかでもはやほとんど疲弊しているので、最後の日々がすぐそこまで来ていることがわかってもそれほど動揺はしないでしょう。もしそのときまでに僕がメールを始めていたら、君は死にかけている僕をリアルタイムで察知することができるかもね。


わたしがこの手紙への返事を書きかけていた八月の初旬に、パオロからふいに電子メールが入った。突然だったからびっくりしたけれど、彼は仕事上、メールのやりとりには慣れているはずなのだから、手書きにこだわらなければすぐにでも発信できたのだ。

こうしてその日がわたしたちふたりの、パソコン通信の幕開けになった。パオロはすでに七十代半ばでわたしは六十代の後半という、かなり遅い出発だった。

——伶子、とうとう僕も今流の通信に乗ることにしたよ。手書きの手紙は捨てがたいけど、君の翻訳のサポートなんかには、やっぱりちょっと不便だからね。

日本時間で夜中の一時半過ぎに届いていたこのメールに、わたしは朝一番に返事を書いた。

——パオロ、こんなに早くあなたのメールが着くなんて！　目下のところわたしは二冊の本にかかっているので、ご厚意に甘えて、質問があったらすぐにメールを送ります。あなたとこんなふうに会話ができるなんて、まるで夢みたいです。

このメールを送ってから二時間後にパソコンを開くと、早くも返信が入っていた。それからは毎日がレースのようで、多いときには一日に数回もメールが往復した。

こんなメールのやりとりが生んだ精神の高揚が、ふたりを突然いつかのふたりに戻してしまうとは、まったく考えてもいなかった。長い年月ふたりのどこかにくすぶっていた熱が、思いがけない出口を得て一気に噴きだしたかのようだった。

こうしてパオロはたちまち数十年前の彼に返り、わたしも一瞬にしてその彼に乗った。おたがいの心の深層にまっすぐ入り、真心をつかんで揺さぶった。パオロは相変わらずエロティックで、書くことは二十歳の筆を思わせた。

――伶子、君のメールは稲妻みたいに瞬時に着いたよ。僕の次の手紙はメールに添付して送るから、読むときには十分注意してほしい（なぜって私信だからね！）。翻訳の仕事はうまく進んでいるようで僕もうれしい。僕への返事は時間にも気持ちにも余裕があるときでいいからね。

このメールの後、その日の夜九時過ぎに、パオロの言う「私信」が着いた。

――伶子、僕からの手紙はいつもこのパスワードであけてほしい。もちろんあけるのは君だけだから、いつだって僕の気持ちをおおらかに書くよ。

君はいつか僕に「愛のあかし」を送ってくれた。しかしあれはどこへ行ったのか、気がついたらなくなっていた。ああ伶子、君の「愛のあかし」をもう一度僕に送ってはくれまいか。

昨日、インターネットで日本語の辞書を見つけました。そこには君にひそかに言いたい言葉がありました。君の美しい目のなかを覗きながら、アナタヲ　アイシテ　イマスと。イタリア語でもそうだけど、日本語でもこの言葉には性的な匂いはなくて、君を幸せにしたい、君の目を見つめ、言葉に耳を傾け、口づけをかわしながら、僕のほうも幸せになりたいという願いが込められている。

伶子、僕は君を愛している。初めて君の手紙を受けとったときから、その思いは変わらない。僕はふたたび君の身体も愛したい。箱根で君は、浴衣の前をはだけて乳色の身体をさらし、黒髪のまとわる唇を僕に差しだし、栗色の乳首とみごとな恥丘をためらいもなく見せてくれた。

僕はあのとき、君のそういった美質を喜びながら、一方では、君が持つもうひとつの貴重な資質、僕がとっくに見失っていた喜びをふたたび与えてくれるという、稀有な力を感じて、幸せをかみしめていたのだ。

ところで君は、「愛のあかし」を僕に送ることはあまり気が進まないと言うけれど、僕は君に、僕の奥深くにあるそれをぜひ持っていてもらいたいから、たぶん明日になるけれど、円筒形のボール紙に入れて、何かと一緒に送ろう。円筒のなかに、君が送ってくれるはずのと同じ「贈りもの」をセロハンテープで固定しておく。だから小包を開くときには注意してほしい。僕は君がそれを探しているところを想像して楽しみたい。

伶子、僕はあと数年で八十になるし、君もまもなく七十歳になる。僕に残された年月はあと数年か、いや数カ月しかないかもしれない。僕らにはもう、おたがいに与えたり言ったりしたいことを我慢している時間はないんだ。君と口づけをかわし、君を僕の胸に抱きしめながら、君が口に出さないことも深く深く感じていたい。

――パオロ、「僕に残された年月はあと数年か、いや数カ月しかないかもしれない」ってどういうことですか？ 「数カ月しかないかもしれない」と、本当にそう思っているのですか？ ふたりの関係がほとんど精神的なものになっている現在、わたしたちはおたがいにとって、今までになくかけがえのない存在です。あなたはこんなに遠くにいらっしゃるのに、いつもわたしの傍らに、わたしの心にもっとも近いところにいます。あなたがいない日々なんて想像することもできません。

――伶子、人は誰も、余生があとどれくらいかなんてわからない。僕の余生があと数カ月かもしれないと言ったのは、先日君に知らせたように、結腸に腫瘍が見つかったからなのです。結腸には十数年前からすでにポリープがあって、それが悪性の腫瘍に変わっているのかもしれない。結腸の一部を摘出しても、癌細胞がすべて除去されたと言えるわけじゃない。十一月の半ばに検査があって、そのとき腫瘍マーカーの数値が上がっていたら、腫瘍はまだあるだけでなく、大きくなっている可能性がある。こんな話をしても驚かないでほしいけど、結腸癌が進行していたら、余生はまさに数カ月になるかもしれないのだ。それはたしかにうれしいことではないけれど、その数カ月のあいだ、君が今みたいに僕に優しく話しかけてくれるなら、僕がまだ傍らにいることを、君にも実感してもらえると思う。

パオロからの「愛のあかし」は翌週の水曜日に着いた。ヘアを挟んだカードは、モナリザの絵を包んだボール紙製の長い筒に収まっていた。わたしはうっかりしてその筒を包装紙ごと書斎の椅子の上に置いたまま、ちょっとした用を足しに台所のほうに行った。そのあいだに、たまたまうちにいた和夫が紙包みを見つけ、「これは何?」と言って手に取った。わたしは胸の鼓動を速めながら、「パオロからよ、モナリザの絵を送ってきたみたい」と返事をした。鼓動が前よりはげしくなった。和夫は「ふうん」と言っただけで、興味がないのか、中身を見ようとはしなかった。

わたしは何気ないふりをして包みを手に取った。すぐに開こうとしたけれど、セロハンテープがなかなか剥《は》がれなくて手間取った。まもなく直径五センチほどの蓋《ふた》が取れると、筒の入り口近くに薄いカードらしいものが張りついていた。薄黄色のカードにはさまれた、色あせたブロンドのヘアはじつに繊細で、まもなく喜寿を迎える老人のそれというより、乳児の産毛のようだった。

和夫が戻ってきたのは、わたしがカードを外してまもなくだった。彼はモナリザの絵をしばらく眺めてから、紙の丸みを取ろうと、居間のカーペットの下に広げて差し込んだ。

わたしはそれまでの成り行きにいくらか肝を冷やしながら、日ごろの和夫のノンシャランぶりを知っていたから、それほど気にはしなかった。

パオロからの贈り物はわたしの官能を刺激するより、感慨に近い何かを湧き起こした。身体より先に心が、言いがたい思いに震えた。

一方わたしからのそれは、すでに用意ができていた。入浴の後、椿油の香水を化粧用のコットンに染み込ませ、ヘアをそのコットンで包み、舞妓の写真がついたカードにはさんで、化粧台の引きだしに入れておいた。翌日、小ぶりの封筒に移して、午後の便で送った。パオロが過日訪れて珍しい思い出を作った、京都を思いだしてくれるだろうかと、それが楽しみだった。

一週間後にパオロからメールが着いた。

――今日やっと、待ちかねた僕の至宝と君の短信が着きました。至宝はなんと、あの思い出の舞妓に抱かれていたのです！　僕は君の稀有な贈り物を目の前にして、それに触れ、口づけをする喜びに震えています。伶子、君はもう夢のなかだけの女性ではない。僕が触れているこれは、生身の君の一部なのです！　君が手紙に書く真情は僕のそれと寸分の違いもありません。僕はいくつになっても君という女性を、その優しさを、夢にまで見ています。

この短い手紙にわたしは、もう三十年以上も昔になったわたしたちふたりを思った。この手紙のパオロとあのころの彼とのあいだに、そんなに長い歳月が横たわっているとは信じがたかった。彼の内面はおそらく、年月を経ても老いることを知らないのだろうと思い、そのことがとりわけうれしく、誇らしかった。

「愛のあかし」の一件が収まって、自然が秋の気配をまとい始めた十月の初旬に、エージェントから一通のメールが入った。内容はイタリアの新刊本についてのことだった。『世界観の変遷』というタイトルのその本なら数カ月前に読んでいて、内容的に翻訳はむずかしいだろうと判断し、エージェントには翻訳の意思のないことを伝えていた。

エージェントからの今回のメールは、その本の翻訳権を某出版社が取得したことをわたしに伝えるものだった。前後して出版社のほうからもメールが入った。それはその本の翻訳依頼のメールだったから、わたしは前年に翻訳を断念した由を編集者に伝えた。歴史的資料がふんだんにあって、訳すことより資料を調べることに時間が取られ、翻訳の面白みが半減してしまいそうだからと、断念した理由を書き添えた。

しかし編集者は出版を諦めなかったから、押し問答がしばらく続いた。その最中に、わたしの頭にパオロのことが唐突に浮かんだ。この件は彼に相談してみてはどうだろうか。パオロは歴史や文学にも十分に通じているから、彼がサポートしてくれるなら、訳せないことはないかもしれない。

突発的な思いつきの勢いに乗って、わたしはパオロにその本のファイルを送った。返事が来たのは一週間ほど後だった。

――僕が思うに、この本は難しくもないし貴重な本でもなさそうだから、君にだって十分訳せるよ。モノより精神に価値を見いだす、多くの自称作家や哲学者もどきが書いたものは山ほどあって、この本はそういう思想を拾い集めただけみたいだ。僕はこの著者は知らないけれど、なにしろこの人物が集めた参考文献の目録は三十ページもあるんだよ。要するに、この作家は彼独特の考えは何ひとつ述べていなくて、他人が書いたものを集めてはそれを平易な言葉で解説しているだけらしい。それに著者はラテン語やギリシャ語もあまり知らないようだ。君がこの本を難しそうだと思ったのは、もう使われていなくて辞書にはないし理解もできない言葉が頻繁に出てくるからなのだろう。この本は文化が大いに異なる日本の読者の興味を果たして引くだろうか。僕はいささか疑問に思うね。というわけだけど、もし君が訳すつもりになって、僕のサポートが必要なら、お手伝いはしてもいいよ。

このメールを読んで、もともと後ろ向きだった気分がなおさら退いた。編集者にその旨を伝える前にまずパオロにメールを書くと、まるでわたしの返事を待ちかねていたかのように、一時間も経たないうちに返信が入った。

――伶子、この本を訳す気をなくしたのが僕の言葉のせいだったら、君は誤解してるよ。僕のメールを読んで、この本はわざわざ訳すほどの価値はなさそうだって、君は解釈したんだね？　傑作なんてそうざらにあるわけじゃない。たまたま今日僕は、ノーベル賞作家のガルシア・マルケスについてある批評家が書いたものを読んだけど、彼はなんて言ってたと思う？　「マルケスはむしろ未熟な作家で、滑稽《こっけい》だと言ってもいいほどだ。彼の著作に読む価値があるとは思えない」だって。でも君が迷ってる本は高い評価を受けているんだ。君がこれを読みやすい文章で訳せば、西洋人のものの考え方への理解を広めることができるかもしれないよ。

わたしはそれならと気分を入れ替え、迷いながらも翻訳の作業を始めた。この日の朝にはすでにパオロから、「まえがき」の部分の難解な言葉の解説が届いていた。

翻訳が思ったより快調に進んでいたある日、キーをたたきながら唐突にある想念が頭に浮かんだ。わたしはあとがきとか解説を書くことを考えると、いつでも頭が痛くなる。もしかしたら、パオロが解説を書いてくれるとか……。

この思いつきをさっそくメールで伝えると、このときも待っていたように返事が来た。

――伶子、解説を書くには、僕の知らないこの著者のことをもっと知って、もっと「感じる」ことができなければならない。解説って、長さはどれくらいなの？　どんなことに重点を置いて書いたらいいの？　ただ長いだけで意味もろくにないような「空文」を書きたくはないからね。

この思いがけない言葉に、わたしは有頂天で返事を書いた。

――あなたの「感じる」というお言葉、わたしの琴線を震わせました。このひとことを聞いただけでも、あなたの解説に込められるであろう感性がもう十分に伝わってきます。内容や長さのほうは、基本的には書く人の自由なのです。おおよそのところ、この本の五ページから十ページ分くらいがいいかもしれません。

読者は知識層が多いでしょうから、インテリ向けの内容が喜ばれるかもしれないけれど、あなたの生来の独創性を生かしてくだされば、自ずから魅力的な解説が生まれることでしょう。

わたしがあなたのサポートを受けながらイタリアの本を訳して、あなたがその本の解説を書くなんて、信じがたいようなできごとです。こんなことが体験できるとは夢にも思っていませんでした。

このメールへの返事は一週間後に来た。

――伶子、君が書いてほしいと言ってきたものを書いたよ。でも気分が乗らないからえらく骨を折ったよ。著者は複数の人たちの思想を好き勝手にまとめているし、重複も多いし、テーマからは勝手にそれるし、引用した書物のリストの作り方もおかしいし、一章をまとめるために他人の書いたものをいくつも丸写しにしてるし、あげくに時制の間違いまでやらかしてる。そんなこんなで要するにこの本は、傑作だなんてとても言えない代物だっていう気がするよ。

というわけで僕は、この本を「持ちあげる」のに、口にしたくもないおべんちゃらを連《つら》ねる羽目になった。分量は君が言ってきた枠に収めたつもりだ。二、三日のうちにもう一度目を通してから送ります。

――パオロ、何よりもまず、意に沿わない本の解説を書くのにひとかたならず骨を折ってくださったことに、心からお礼を申します。この本がそんなに欠陥だらけの本であったとは、わたしも残念です。気持ちが乗らないのにしぶしぶ書いた解説だったら、おそらく読者の心にも届きにくいことでしょう。

今回のお手紙を読んで、この本に対するあなたの心証がよくわかり、それに釣られたのか、わたしの気力も弱まりました。昨年の秋にこの本の翻訳を初めて打診されたときから、ぜひ訳したいという気持ちになったことはなかったので、突然ですが今ここで降りるほうが、どっちつかずの気持ちで続けるよりかえっていい結果になるかもしれません。

心残りはありますが、編集者に事情を説明して、やはり降りることにしようかと思います。早い段階でほかの翻訳者に託すほうが、いろんな意味でスムーズに運ぶことになるでしょう。ところであなたにひとつお願いがあります。あなたが書かれた解説はぜひ読ませていただけませんか。お心に適《かな》わない作品の解説ではあっても、あなたの書かれた文章には少なからぬ興味を覚えます。

今回あなたにとんでもないご迷惑をおかけしてしまったことを、とても心苦しく思います。二度とこういうことのないように、よくよく反省しなければと思っています。

——パオロ、今朝パソコンを開いたら、あなたの「解説」が届いていました。

さっそく読んでみて、その面白さに感嘆してしまいました。本が気に入らなかったのにこんな解説が書けるものかと、信じがたい思いがしました。古典の知識がふんだんに盛りこまれ、深い知性とあなた独特のユーモアを随所に感じさせる文章を読みながら、哲学書の断篇でも読んでいるような気分になりました。

これほどみごとな解説を書きながらも、意に沿わない本の翻訳をこれ以上サポートするのは気が進まない、と今ではお考えでしょうか。でも、手伝ってもいいというお気持ちが少しでも残っているのなら、このまま翻訳を続けてみたいと思うのですが……。正直言って、本文より、あなたの解説のほうをぜひ日本の読者に読んでもらいたいほどなのです。

——ありがとう。僕の書いたものはそれほど大したものじゃないから、君の言葉はちょっとこそばゆいな。君のサポートをやめるなんて言ってないよ。著者の書き方に感心できないとは言っても、彼の言いたいことに共感が持てないというわけではないからね。それに、いつでも君の力になるつもりだって言ってるのに、今回は例外だなんておかしいからね。

僕が書いたもののなかで、ここは省きたいとか、訂正したいとか、表現を変えたいとかいう箇所があったら、遠慮なく言ってほしい。プロタゴラスの逸話は気に入った？

パオロの解説には心底感心しながら、作品について納得できないことがその後も少なからず出てきて、わたしの気持ちはますます本から離れていった。パオロはこの本を心から推薦してはいない、という思いも、わたしの気持ちをふさいでいた。

それから数日わたしは、原稿に手をつける気持ちになれなかったので、正直な気持ちをパオロに伝えることにした。

——パオロ、言いにくいのですが、わたしの気持ちはこの本から急速に離れてきています。これまでに五分の一ほどを訳しましたが、わたしにもこの本の持つ真の価値がどこにあるのか、わからなくなっているのです。あなたがおっしゃるように、この本には著者の注目すべき新たな見解も示されていなくて、ただ単に引用文の羅列とその解説に筆が費やされています。そのために、翻訳することの意義がいまだに見いだせないのです。
そんなわけで、せっかく見事な解説文を書いてくださったのに、有益に使わせていただくことが難しくなりました。貴重なお時間も無駄にしてしまい、いろんな意味で多大なご迷惑をおかけしますことを、ほんとうに申し訳なく思います。

このメールへの返信はその日のうちに入っていた。

——君とふたりで一冊の本を訳したり解説したりするという夢みたいな話に、僕の気持ちがどんなに弾んだか、君には想像できるだろうか。確かに訳しにくい本ではあるけれど、君はいともあっけらかんと捨ててしまった。僕の落胆を察してほしい。

このメールに、わたしの気持ちも救いがたいほど落ち込んだ。あの唐松林の、誰もいない切り株のベンチが目に映った。

第十一章　嵐の前のひととき　二〇一四年〜二〇一九年

翻訳の件でパオロとのあいだに摩擦が生じていたころ、イタリアではフランチェスコ・アルベローニ氏の恋愛論の最新作が評判を呼んでいた。エージェントから届いた作品のファイルを読んだとき、この本はまさにわたしとパオロの関係を書いているといつになく興奮し、版権交渉の結果を待つのももどかしく、気分の高揚に乗って早々と翻訳に取りかかった。

本の邦題には「恋」という言葉を使ったけれど、原題にあったのは amore erotico《エロティックラブ》だったから、むしろ「性愛」と呼ぶべき内容だった。パオロとの純愛のなかにも、性愛の香りが満ちていた。

そうなったのには必然的な原因があって、それはふたりのあいだに横たわる途方もない距離だった。ふたりがもっと近くにいてもっと頻繁に会えていたら、頭のなかで、あるいは心のなかで、熱い恋情をこれほどあらわに、これほどはげしく燃え上がらせることはなかったにちがいない。

そんなわけで、イタリア語の原題はほかでもない、まさにわたしたちの恋を指していた。『死ぬまで続く恋はあるか』という邦題で出版されたその本は、年明け早々に書店に並んだ。それを機にわたしは、執筆への感謝と邦訳版出版の報告を兼ねたメールをアルベローニ氏に送った。すると半月ほど後に、メールではなく直筆の返事が届いた。

彼の手紙には、この種のテーマでの執筆は容易ではなかったと述べられ、同時に、わたしの心に深く響くことが書かれていた。それは、この本は読んで理解するより読みながら感じてほしい本だという言葉だった。その言葉は、まさに「愛の書」であるこの本の本質をひとことで表していた。

一方で、和夫との関係にはこれといった変化はなく、たまに小波《さざなみ》が立っても、それが大波になることはめったになかった。彼は人と悶着《もんちゃく》を起こすのが嫌いで、ことがややこしくなる前にうまくすり抜ける術を心得ていた。

そのことはパオロとわたしの関係を保つためには、たいそう都合がよかった。「わたしには恋人がいたのよ」とか、「好きな人がいるのよ」などと、あるときは腹立ちまぎれに、またあるときは冗談を装って、わたしが和夫に言ったことは一度や二度ではなかった。しかし彼はどんなときでも、そんなことは気にしなかった。文句を言ったらけんかになると思えば、聞かないふりはいつでもできた。だからことの発端が何であれ、大波が立つことはめったになかった。

そんなわけで彼は期せずして、パオロとわたしの関係の「守り人」になっていた。彼には妻との不愉快な衝突より、躓《つまず》きのない平穏な家庭のほうがはるかに大事だったのだ。

しかし和夫が定年で退職してほとんど毎日家にいるようになると、予期していなかった新たな状況が生まれた。彼は会社に勤めていたころは、退職したらシルクロードの研究をすると言っていた。ところが実際には研究どころか、パソコンを覗いているかジムで筋肉トレーニングをしているかの毎日になった。

和夫はわたしが外出するときには、いつでも一緒に行きたがった。映画に行くと言えば、タイトルも訊かないで一緒に行こうとした。することがない夫が妻のあとを追いたがり、そのために妻がノイローゼになる「夫源病《ふげんびょう》」という言葉があるそうだが、夫はまさにその名の病気を呼びそうだった。

けれどもそんな毎日が、ひょんなことから節目を迎えた。

桜の花が満開を迎えた三月末のある日、わたしたちは洋一の息子たちを誘って、伊豆高原に出かけた。そこで海辺に近い遊園地に、パークゴルフ場というのを見つけた。孫たちがそのゴルフをやりたがったので、わたしたちも仲間に入った。ところが初めて体験した新種のゴルフに、わたしがすっかり魅了されてしまったのだ。

帰宅早々わたしは和夫に、あのゴルフをもっとやりたい、いやあれではなくて本物をやってみたいと言った。和夫はたちまち乗り気になった。若いころはゴルフをやりたくても手が出せなかったと言って、思ってもいなかったわたしの誘いに小躍りした。

それからの和夫の動きは速かった。友達がまだゴルフをやっているはずだからと、さっそく道具を借りたり練習場を見に行ったりし始めた。

こうしてふいに始まったゴルフは、和夫との張りのない毎日に生気を吹き込んだだけでなく、やがてわたしには、なくてはならないスポーツになった。わたしは若いころから、ダンスを除けば運動が苦手だったけれど、球技だけは得意だったのだ。

二年前に翻訳の件で気まずい思いをしてから距離ができていたパオロから久しぶりにメールが届いたのは、そんなころだった。その便りは誰かから彼に送られたメールを転送して来たもので、Snowman というタイトルがついていた。アメリカのコロラド州での「氷の芸術祭」を撮影したメールには、雪や氷で作られた人物や建物の傑作が数多く収まっていた。

わたしは珍しくて楽しい数々の写真に驚きながら、パオロの心遣いを喜んで、「素敵なメールをありがとう。一昨年はとんだご迷惑をかけました。その後お元気ですか？　わたしは相変わらず元気でいます」とだけ書いた返事を送った。すると折り返しにパオロから、「僕も元気です。君が元気でいることを知ってうれしいです。例のことは僕にも責任があるのです。実を言えば、あの翻訳は僕だってそれほどしたくはなかったんだから」という、短いけれど気持ちのよいメールが届いた。

「氷の芸術祭」の写真は、和夫とふたりだけで楽しむのはもったいないと思い、孫たちにも見せたかった。幸い三月のわたしの誕生日には、例年のように子どもや孫たちが集まって、みんなで一日を過ごすことになっていた。

予想に違わず、子どもや孫たちは芸術祭の写真に夢中になった。わたしははしゃぐ彼らの様子を写真に撮って、パオロに送った。

するとパオロの喜び方は一通りでなく、思春期の溌剌《はつらつ》とした子どもたちの姿に惚れ込んで、彼らの写真をもっと送ってほしいと、興奮気味に書いてきた。

彼からも休む間もなく、世界中の珍しい写真が送られてきた。

ヨーロッパの山岳地帯を走る電車の数々、森や木々の気味が悪いほどグロテスクな様相、それにどこから撮ったのか、見たこともない富士山の姿などが届き、しまいには「イタリアにも味噌汁はあるよ！」という一文のついた、エビと若布《わかめ》の味噌汁の写真まで送ってきた。

わたしは送られてきた写真を孫たちと一緒に楽しみながら、もう四十年も前の、洋一や理恵を相手に遊ぶパオロを思いだしていた。

あのころのわたしたちは、夫と妻、妻の恋人、それにわたしたちの子どもという、常識はずれの奇妙な集まりであったのに、何の違和感もなく楽しいひとときを過ごしていたのだ。

そして今は、孫たちまで加わってなおさら大勢になったなかで、パオロはふたたび「パオロおじさん」として、大事な仲間になっていた。そのことは、考えようによっては奇妙な光景に見えたかもしれないけれど、わたし自身は何の違和感も感じていなかった。

いつか将来、何もかもが明らかになって、楽しかった現実が音を立てて崩れ去ることがあるかもしれない。そういう思いが心をよぎることは何度かあった。しかしそれでも動じない何かが、わたしのなかには育っていた。

今、子どもたちはそれぞれの家庭をしっかり営んでいて、わたしの出る幕はなくなっている。つまりわたしは、いつの間にか母親業を卒業していたわけなのだ。

それでは妻としての立場はどうだろうか。これについて悩んだことは、若いころの一時期を除けばほとんどなかった。夫は経済上の支えにはなっていたけれど、心理的には遠かった。彼はわたしが「恋人がいる」と言っても、それで悩むことはなさそうだったから、夫とは思いたくない存在だった。しかしおたがいの心中がどんなであっても、普段の暮らしに響くことはほとんどなかった。

そんなわけでわたしたちは、間もなく七十代を終える年齢になるまで、見かけはじつに仲むつまじい夫婦をやってきた。一方で、心の結びつきは乏しいから千里を隔てているのも同然で、いつ別れても、そちらのほうがむしろ自然に思われた。

いずれにしても、孫たちが加わったこの一風変わった展開は、そのころパオロとわたしを隔てていた不愉快な気分を一掃した。パオロから久しぶりに届いたメールには、相変わらず若さに満ちた彼の姿が映っていた。

――伶子、君はとても元気そうだね。あんな孫たちに囲まれていたら、病気になる暇もないだろうね。君がミラノの新聞に投稿して僕が返事を書いてから、もう四十年以上も過ぎてしまった。年月というのは目にも留まらぬ速さで消えていくものらしいね。

僕はもうかなりの老齢になってしまったけれど、今でもまだ君のすべてを愛したい。君は僕より八歳年下で、もう老女と言ってもいい年ごろなのは知っている。でも君のすべてを愛したいという僕の気持ちは、若いころとまったく変わっていない。

僕の目の前にはいつか君がくれたあれがある。でも僕は、目の前のそれより今の君のそれを一層愛したい。だからぜひいつかのように、封筒に入れて送ってくれないか。君はためらっている？　どうして？　年齢がどんなに重なっても、君のそれであることには変わりない。いくつになっても、僕に夢を見させてほしい。今の君にも、いつかのように理性を失うことはあるのだと、そう感じさせてくれないか。

伶子、お願いだ。もし僕がたった今逝ってしまっても、君にはそれを知るすべがない。そうしたら君は悔やむかもしれないよ、君が叶えることのできた僕の最後の願いを、叶えずに逝かせてしまったことを。

――パオロ、老女になってもまだわたしの身体まで、それほど深く愛してくださるなんて、とてもうれしいです。この年齢になってもまだ、こんなに素晴らしい秘めごとに胸ときめかすのは、この広い世界のなかで、わたしひとりかもしれません。でもひとつお願いがあります。それを表す言葉を日本語で書くのはやめてください。万一夫に見つかったらと思うと寒気がします。

――ヘアのことを漢字で書いたのは、洋字で書いてもし通じなかったら困ると思ったからだよ。でもこれからは気をつけよう。手紙に不都合な言葉が書いてあったら、すぐに消してしまってくれないか。じゃあ、君からの贈りものを心待ちにしてるよ。

わたしはこのメールを読んでから、ちょっと考える時間がほしかったから、寄り道をすることにした。

――パオロ、わたしは今、ガルシア・マルケスの『わが悲しき娼婦たちの思い出』を読んでいます。そこでは九十歳の老人が十四歳の少女を愛しますが、その老人の情熱と言ったら大したものです。あなたの情熱もその老人のそれに劣らないけれど、わたしが驚くのは、あなたの相手が少女ではなくて、七十七歳の老女だということです。なんと素晴らしい彼氏をわたしは持っていることでしょう！

パオロはこの手紙に隠れたわたしの逡巡を読みとったのか、時を置かずに返事が来た。

――伶子、君の言うマルケスの作品だけど、本のタイトルからして僕には気に入らない。百人もの娼婦を持ったなんて、自慢にもならないよ。なぜって彼女たちを本気で愛したことなんかないだろうからね。セックスを扱うのが得意な書き手には、僕は近づきたくない。娼婦なんか持ったこともないし、僕が君のなかに求めていた女性を見つけたのは、君が十四歳のころじゃないよ。僕らの情熱は夢によって支えられているんだから、君も同じ夢を見てくれたらうれしいよ。

伶子、先日も書いたけど、僕がほしいのは君の精神だけじゃない。君のほうは今、夜も深まっているね。僕は君の傍らで、君を覆っている薄いベールを剝ぎ、君を強く抱きしめたい。君の乳房は今、僕の胸の下にある。僕の手はさらに下へ降りていき、君が僕に送ってくれるはずの贈りものを秘めた内奥にたどり着く。僕はそこまでの秘密の通路を愛撫しながら、そこに通じる扉を開く。そこに口づけをする僕の行為を、君は許してくれるだろうか。そして、そのときのことを考えただけで、君も歓びに震えるだろうか。伶子、こんな僕を、君は受け入れてくれるかな？　もちろんと言ってくれたら、もし君がそう言ってくれたら、僕はためらいなく愛の行為に浸れるよ。

わたしはなお深くなりそうな迷宮の出口を探しながら、彼の無聊《ぶりょう》を慰めるための、別の道を考えた。そうするうちに心に浮かんだのは若いころの奇妙な体験で、それは二十代のなかごろに遭遇した、忘れがたい出来事だった。


――パオロ、あなたがほしいとおっしゃるものは今でも、色も形状もいつか送ったものとまったく変わりがありません。ですから今日はそれよりも、あなたの気分がほんのひとときでも休まるような、短いお話をしてみましょう。

あれはわたしが結婚して一年ほどが過ぎたころのことでした。たまたま盲腸の手術をすることになったので、街なかの病院へ行きました。

手術が無事に終わって数日が経ったころ、予後の経過を診てもらうために、ふたたび病院へ行きました。けれどもその日はあいにく手術をした医師がいなかったので、初老の医師に診てもらうことになりました。

わたしはベッドに横になると、看護師の指示に従って、胸のあたりまで下着をめくりあげました。医者は椅子に腰かけると、腹部に手を伸ばしかけました。しかしその手は、宙に浮いたまま ふと動きを止めたのです。医者の視線はわたしの腹部に落ちたところでほんの数秒、いえ数十秒だったでしょうか、動きを忘れたようでした。

わたしは医者が放心したように無言なので、動くことができずに、身体をこわばらせていました。そのうちに医者がふいに何かを言い、わたしはのろのろと起き上がりました。

わたしが母のきめの細かい色白の肌をとりわけ美しいと感じたことは、それまでにはありませんでした。しかしあの日のことを思いだすたびに、美しかった母を思いだすようになりました。

話はここでおしまいではないのです。

盲腸の手術の後、二カ月ほどが過ぎたある日のこと、その日は高校時代の友達の結婚式があって、披露宴では、後ろのほうの席に友人たちと着いていました。途中で席を立って出口のほうに行きかけたとき、少し離れたテーブルに、いつか見たことのある人を認めました。それで一瞬歩を止めたとき、はたと思いだしました。それはほかでもない、盲腸の手術の後、予後を観察した老医師だったのです。新婦の隣に並んだ人は、わたしの手術を担当した医師でした。


パオロはわたしが望みのものを送らないのが不服だったのか、彼からまもなく届いた返事は、「君は医者を男にしたってわけだよね」という一言だけだった。

街なかの天ぷら屋で撮ったと言って、しばらく前にパオロが送ってきた写真に見るアンナは、彼が言うように、アルツハイマー病になりかけているようにも見えた。視線がどこに向かっているのか、惚《ほう》けたような笑みを浮かべた表情からは、うかがい知ることも容易でなかった。

「僕は妻を愛しているから、必ず最期まで見届ける」とパオロは書いてきたけれど、アンナの思いがけない変容を前にしたときの狼狽《ろうばい》は、一通りではなかったことだろう。そんなパオロの、妻とふたりだけの窒息しそうな毎日には、何らかの風穴が必要で、わたしとのメールのやりとりは、まさにその風穴になっているのかもしれなかった。

第十二章　別れは突然のことだった　二〇二一年

八年前に孫たちにつきあってから始めたゴルフは、わたしに思いがけない変化をもたらしていた。ゴルフは単なる遊びではなくて、身体と精神の改造を促すものになったのだ。わたしはその魅力にとりつかれ、それまで健康増進のためだけに通っていたトレーニングジムに、一層熱心に通うようになった。

ひとことで言ってゴルフは、わたしの心身の一大革命になったのだ。

目に見えた変化は、年に数回は引いていた風邪をまったく引かなくなったことで、身体的にも精神的にも壮健になったことがごく自然に感じられた。それはものごとへの対し方に如実に表れ、将来への展望も広がった。

自分が老人であるという自覚が生まれるより早く、残りの年月の使い方を真剣に考えるようになり、具体的な目標もつかんだ。

わたしは動物好きが高じて、そのころには畜産動物の生き方を真剣に考えるようになっていた。そんなわたしに行くべき道を示したのが、『動物の解放』など多くの著作で知られる、倫理学者のピーター・シンガーだった。彼の著作を読み進めるうちに、行くべき道が見えてきた。わたしが持つ、書くことへの好奇心。それが、日本の畜産動物を悲惨な現状から救うための、なんらかの助けになりそうだった。

二〇二〇年の元旦には、パオロから年賀状メールが届いた。甘やかなメロディーを奏でるカードには、花火がパチパチとはぜるようなイラストと、パオロの短信がついていた。

パオロはクリスマスカードなら毎年のように送ってきたけれど、年賀状は初めてだったから、わたしは新年早々気分が弾んだ。西洋の習慣よりわたしの気持ちに合わせてか、日本の風習に乗ってくれたことが何よりうれしかった。だから返事には、「あなたのおかげで今年はいつになく幸せな年になりそうです」としたためた。

そして二月初旬のパオロの誕生日には、例年のように朝の九時過ぎにバースデイメールを送った。夕方にパソコンを開いたときには、パオロからの返事がもう着いていた。イタリアとの時差は冬なら八時間だから、彼はおそらく起きがけにパソコンを開き、期待どおりにわたしからのメールを見つけて、時を置かずに返事を書いたのだろう。

——伶子、まだ僕のことを忘れないでいてくれてありがとう。君はいつも僕の傍らにいて、もの忘れがひどくて僕なしには生きられなくなったアンナとのわびしい毎日に、明かりをともしてくれているよ。アンナを愛していることに変わりはないけれど、僕らふたりの毎日は以前より困難になっているのも事実です。僕からも君に熱い抱擁を送ります。

残された年月を淡々と送りながら、こうしてわたしたちは、おたがいの平安を喜ぶメールをやりとりしていた。

しかし一方では、年明けから密かに不気味な力を誇示し始めていたコロナウイルスという新種の病原体が、わたしたちの意識を脅かしていた。

イタリアでは流行が急速に勢いを増し、二月の末には感染者も死者も、隣接する国々を圧倒するほどに増加していた。流行の中心地は北部一帯で、ことにミラノやヴェネツィアの近辺で猛威を振るっていた。

わたしはパオロたちがいったいどんな状況を生きているのかが知りたくて、三月に入ってから数回メールを送ったけれど、どういうわけか返事がなかった。

いつもと異なる様子に不安を強めたわたしは、イタリアのほかの友人たちはどうしているだろうかと、メールを送ってみることにした。そこへジェノヴァのジュリアから一足先にメールが入った。

ジュリアのメールには、「横浜に入港したダイヤモンド・プリンセスとかいうクルーズ船で、かなりの数の感染者が出ているそうですね。おふたりのことが心配ですが、そちらでは皆さん、お元気ですか」とあった。

しかし、返事はほとんどその日に入るパオロからのメールはまだ来ない。明日になっても返事がなければ電話をかけてみようと思った。パオロよりも、心臓のバイパス手術をしているアンナのほうが心配だった。新聞にはイタリアの状況が際立って悪いという記事が連日のように載って、北部では感染の拡大が止まらないようだった。

パオロに電話をしたのは翌日の夕方五時半、イタリア時間の午前九時半ごろだった。しかし常時お話し中の設定にしてあるのか、通話中の信号音ばかりが鳴り続けた。しばらく時間をおいてさらに二度かけても、通話中の信号音しか聞こえなかった。

それはつまり、ふたりとも家にはいないというサインで、どちらかが、あるいはふたりとも、危機的状況にあるということなのではないか。ともかく明日また電話をかけてみようと、わたしは中途半端な気分で受話器を置いた。

もやもやした気分は、翌日にふたたびかけた電話でも晴れなかった。何か困ったことが起こって周囲の状況が一変し、メールを書くために机の前に座る時間も精神的余裕もないのかもしれない。そう思うと不安はいっそう強まった。

ところがその翌日に、待ちに待ったパオロからのメールが入った。

――伶子、君のメールを待っているのに、いくら待っても入ってこないよ。イタリアでは北部の大方が無人地帯になってしまって、開いているのは病院のほかは薬局と食料品店くらいだ。どっちも店に入るまでに、前の人とのあいだを少なくとも一メートルは空けながら待ってなきゃならない。コロナウイルスによる死者はどんどん増えている。僕らは家から一歩も出ないで、とにかく早く終息するのを待っている。君たちのほうはどんな具合なの？

――パオロ、メールをいただいてひと安心しました。メールにも電話にもお返事がないので、もう病院に行ってしまったのかと心配していたのです。とにかく無事にわたしのもとに帰ってきてくれてありがとう！

――心配をかけて済まなかった。イタリアでは死者がすでに千人を超えていて、感染者の数はますます増えていきそうだ。ここはもう『ベニスに死す』の街みたいで、車もほとんど走ってないし、人もよほど緊急の用事がなければ外には出ない。この先どうなるかわからないけど、七月ごろまではこんな状態が続くんじゃないかっていう話だ。近いうちにまたメールを入れるね。

パオロのメールを読んで、天ぷら屋で撮ったというアンナの写真を思いだしながら、ふと思った。わたしは今、平静な気持ちでメールを書いているけれど、パオロははたして平常心を持ちこたえているのだろうか。明日死んでも不思議ではない状況のなかにいきなり放り込まれ、逃れるすべがなくなったとき、人はどんな心地になるものだろうか。認知症の進んだ妻と、自宅にふたりだけで取り残されたパオロは、今この瞬間をどんな思いで生きているのだろう。

わたしがそんなことを考えていたその日の昼過ぎ、メールを開いたらなんとパオロからのバースデイカードが入っていた。イラストの茶色い子犬がこっちを向いて、「おめでとう！」と言っている。パオロの言葉も入っていて、「君を愛する僕より、七十八歳のお誕生日、おめでとう」とだけ書いてあった。同じ日に、わたし宛のいつものメールが一通届いた。

——伶子、僕らはいまだに家のなかで缶詰状態だ。ヴァレーゼはどこからどこまで不気味なほど静かだ。僕もアンナも、まだ忌まわしいウイルスには感染していないらしい。僕は食べ物を買いに、今日もひとりで家を出る。アンナは関節炎の痛みで歩行困難だし、もうほとんど何もできない状態だから、買い物から帰ったら、今日も僕ひとりで食事の用意をする。僕は妻を愛しているから、生きているあいだはそばを離れたくない。

君は僕の夢だから、いつでも僕のそばにいて、「愛しい」という言葉を聞かせてほしい。近ごろ僕は、これまでの人生を振り返ることが多くなった。僕の人生には苦しいことが多かったけれど、うれしいことも少しはあって、その少しのなかに君がいる。君に優しく口づけしたい。君の心臓が僕の心臓に重なるように、胸にしっかり抱きしめたい。そうして優しく口づけしたい。熱くて長い口づけがしたい。

もっと書いていたいけど、もう食事の支度をしなければ。何しろ息子のひとりはとっくに先立ってしまったし、残ったひとりはイギリス暮らしで、孫も親戚もみんな遠くて、僕は今、孤立無援の状態なんだ。僕の近くにいるのは君だけだから、いつもそばにいてくれるとうれしいよ。何度も言うけど、もうすっかり老人になってしまった僕にとって、地球の反対側にいる君がただひとりの支えなのだ。夢のなかでもうつつでも、君をいつも感じていたい。僕の唯一の慰めは、東京の、箱根の、横浜の、僕らふたりの類いまれなあのひとときなのだよ。

ところで僕の周囲は今大変な状態だから、僕が突然消えちゃうことだってあるかもしれない。そういう事態になったら、君にはどうにかして知らせよう。僕の最期の言葉、というか、どんなに深く君を愛していたかっていうことをね。

パオロはこの手紙に、「突然消えちゃう」場合のことを書いてきた。でもその言葉にわたしはそれほど驚きはしなかった。それまでもメールが突然途絶えたり、電話に誰も出なかったりという事態に、何度か遭遇していたからだ。

街を歩いているとき、前を歩く男の後ろ姿に、パオロの姿が重なることも幾たびかあった。

あるときは細身の中年の男の、あるときは自信にあふれた初老の男の姿を借りたパオロは、わたしの心に染み通るような懐かしさを呼び覚ました。

そんなパオロとのこの世離れしたやりとりには、迫りくる永遠の別れの予感めいたものがほの見えていた。わたしたちが意識して甘美な世界に分け入り、芳香を堪能する歓びに浸ろうとしたのも、その現れにちがいなかった。


――伶子、今日一日も何ごともなく終わって、今僕は君とふたりで、ふたたび夢のなかにいる。夢のなかの僕らは死んだような街を遠く離れ、草原の緑のなかに寝そべって、僕は君のしなやかな髪を愛撫し、君はそんな僕に優しく微笑んでいる。ディープキスをむさぼりながら君の胸に降りていく僕の手を、君はさえぎろうとはしない。僕は君を覆っている薄いヴェールをそっと剝がし、夢を誘う乳房と乳首を愛おしむ。僕の唇は乳を求める幼子のように、ゆっくりとけれどしっかりと、君の乳首を探りあてる。やがて僕の手は下へ向かい、君の秘密の場所をまさぐり……僕は君を抱きしめながら、君の望むところに口づけをする。僕にすべてを委《ゆだ》ねた君は、果てしない愛撫と接吻に酔い……。

ああ伶子、もし百年後の君にどこかで出会って、そのときにも同じように僕に身を任せてくれたら、まだ君が愛してくれていることがわかって、僕はどんなに幸せな気分になることだろう。

――パオロ、わたしは今夢の世界にまどろみながら、あなたの甘美なひとことひとことに酔っています。七十八歳のわたしが八十六歳のあなたから、二十歳の青年と見まがうような、こんなに若々しくて情熱的な言葉を受けとるなんて、誰に想像できるでしょうか。もうすぐこの世ともお別れという今になって、あなたのように愛しい人がまだ傍らにいるなんて……。

――もう七十八歳にもなった君が、いまだに僕の夢のなかに生きているとは、想像もしていなかったよ。でもそれなら僕らは、まだまだふたりでひとつの夢に浸ることができるのだ。これからも、たとえ一瞬でも僕のことを思いだして、君の腕に抱いてほしい。君の身体の奥深くを僕が旅するに任せ、心の糧である君を、僕のなかに深く住まわせていてほしい。

――パオロ、あなたに初めて出会ったその日から、あなたの気持ちはわたしの気持ちで、あなたの歓びはわたしの歓びで、あなたの願いはわたしの願いです。わたしはおよそ半世紀のあいだ、あなたの恋人であるという稀有な歓びを、深く深く味わってきました。これから別の世界に移っても、いつまでもあなたの恋人でいられることを願っています。残された稀有な日々を、与えられたかたちで精一杯生きていきましょう。

——伶子、ありがとう。君の言うとおりかもしれないね。運命は僕らに、最後の日々のこんな過ごし方を、密かに教えてくれたのかもしれない。僕らはまるで何かに導かれるようにして、いつかの僕らを体験している。こんなことはこれほど異常な状況のなかでしか、おそらく叶わないことだろう。

伶子、君は僕と同じ時代を生きて、僕を励まし勇気づけてくれた。あとどれほどの月日かはわからないけれど、君とふたりでこれからも、僕らしい一日一日を過ごしていこう。

パオロはほとんど毎日、こんな夢のようなメールを送ってきた。しかしそのうちに、パオロからのメールは目立って少なくなった。わたしはその変化に不安を感じて、毎日メールボックスを開きながら、息を潜めるようになった。

そんなある日、「伶子、僕はこれからアンナと病院へ行く」と、それだけを書いたメールが入った。アンナがどうしたのかもわからなかったけれど、事態が逼迫《ひっぱく》しているらしいことは、メールの様子から伝わってきた。

その日の午後は、ボックスを開いてもパオロからのメールは届いていなかった。

翌日もメールが届かなかったから、夕方になって電話をしてみた。しかし通話中の信号音が続くばかりで、反応らしい反応がなかった。

不安がますます強まっていたある日のこと、いつかのメールにあったパオロの言葉を思いだした。彼は「僕が突然消えちゃうような事態になったら、君にはどうにかして知らせよう」と言っていたのだ。

「僕はこれからアンナと病院へ行く」という言葉から非常事態は想像しなかったけれど、もしかしたらそれは、パオロの別れの言葉になったのかもしれなかった。

それからは毎日メールを送っても、返事は一度も来なかった。その後もしばらくは週に一度、やがて月に一度と、「お元気ですか」というふたことみことのメールを入れた。しかし返事は来なかった。

わたしがパオロの夢をよく見るようになったのはそのころだった。

ある夜の夢ではパオロとわたしが、ドロミーティの山だろうか、ゴツゴツした岩場を登っていた。始めは一緒に登っていたのに、気がつくとパオロの姿がはるか向こうに遠くなって、呼んでも声が届かなかった。

またある夢では、わたしがひとりでスイスの山岳地帯を行く電車に乗っていた。その電車は今、パオロの家が見えそうな唐松林のなかを通っている。もうじきあの切り株のベンチが見えてきそうだ。それならそこにパオロがいるかもしれないと、わたしは窓から身を乗りだした。けれどもベンチはどこにも見えず、パオロはどこにもいなかった。

何カ月かが過ぎたある日のこと、その日もわたしはいつものように、お昼過ぎにトレーニングジムに出かけた。筋トレ用の機械が並んだ部屋に入り、腰の訓練用マシンのコーナーに向かいかけたとき、こちらのほうに向かってくる男の人が目にとまった。

四十代くらいに見えるその人も、わたしに気づいて目をとめた。この人にはどこかで逢ったことがある。わたしは直感的にそう思った。

その日から後もその人には、トレーニングルームでよく出会った。そんなときはその人も、一瞬こちらに目を向けながら、この人には会ったことがあると思っているようだった。こうしてどちらも初めて出会ったときから、意識のなかに、どうしてか相手を住まわせたらしかった。

そんなことが何週間も続いたころ、わたしは思うようになった、その人とわたしはいつかどこかで、意味深い出会いをしているのではないかと。わたしの魂の永遠とも思える長い道程のなかで、何かしら大事な役目を果たした人ではないかと。

やがて冬を迎えるころ、その人の姿は忽然と消えた。けれどもわたしの意識のなかでは、むしろ鮮明な像を結んでいた。そう、その人はほかでもない、わたしのパオロにちがいなかった。

そして彼とは、遠いはるかな魂の世界で、いつかふたたび出会うにちがいなかった。

エピローグ

もうかなり前の話になるけれど、ある新聞に興味深い記事を見つけた。筆者は心理学者で、彼女によれば、人生で大きな意味を持つ出会いは、およそ三十五歳までのあいだに起こるそうだ。

わたしは驚いて、ゆっくりと読み直した。え、これってもしかしたらわたしのこと？　そう、わたしが人生でもっとも意味ある出会いをしたのは、なんと三十三歳のことだったのだ。

若いころのわたしは神秘的な事象にはそれほど興味がなかった。目に見えないことへの関心が深まったのは、パオロに出会ってからのことだった。その後の人生で、目に見えない何ものかの存在を感じることが何度かあったのだ。

パオロとの出会いは、運命というものの力を感じさせる突出した出来事だった。

高校時代、わたしは英語の勉強が好きだった。受験でイタリア語科を選んだのは、ヨーロッパへの憧れを以前から持っていて、なかでも味わい深い歴史を刻んできたイタリアに惹かれていたからだった。

しかしイタリア語科に入ったことが、わたしの歩む道の第一歩にはなろうとは、夢にも思っていなかった。

ブッツァーティは好きな作家のひとりだった。パオロは数多くの作家のなかでとりわけブッツァーティが気に入っていたようだ。

だから深い関係になる、なんていう必然は千にひとつもないはずで、おまけにわたしたちは、それぞれが地球の反対側に住んでいたのだ。

しかしそうした状況がかえっておたがいの気持ちをいたく刺激し、わたしたちは途方もない距離を越えて、出会うことになった。

パオロとわたしは新聞の読者通信欄を通して知りあった。

手紙という媒介物も、やりとりに時間がかかったにしても、いや時間がかかったからこそ、ふたりの気持ちを重ねあい深めあうための、とっておきの手段になった。

恋人同士はどんなときでも、相手の存在を精神の内部から失うことがない。相手がそばにいなければ、その人の姿はそれだけ大きく、影はそれだけ深くなる。

パオロとわたしは距離的には遠かったけれど、精神的には共通するところが少なくなかった。出会ったころは、ふたりとも夫婦関係に悩んでいた。パオロとアンナの関係は、わたしと和夫の関係によく似ていた。

パオロとわたしはどちらも内向的な心理傾向を持っていて、内なる世界に遊ぶことを喜びとしていた。アンナや和夫はむしろ、毎日の暮らしを大事にしたい人たちで、精神的なことへの関心は薄かった。どちらの夫婦もおたがいの気持ちが重ならないのは無理もなく、どちらにとっても生きやすい毎日ではなかったのだ。

　しかし、わたしたちの関係が半世紀近くも続いたことの裏には、わたしと夫の関係が大きな助けになったという事情もあった。

　夫の和夫は、かなりの例外に入ると思うけれど、妻の恋愛、つまり不倫にはほとんど興味を示さなかった。恋人がいることをわたしが不用意に口にすることは何度かあったのに、彼は聞きたくもないその話を、いつもうまくすり抜けた。理由は簡単で、彼はそういう厄介ごとには関わりたくなかったのだ。

　要するに和夫の願いは、わたしが平凡な主婦として、家庭をうまく営むことだけだったらしい。彼には世間体が肝心で、中身の質は気にしなかった。わたしは夫というものがそんなふうだとは考えていなかったから、和夫の心中を知ってから、かなり気分が軽くなった。

　パオロは和夫とわたしの日常会話に、ふたりの単なる友人としてしばしば登場した。子どもたちや孫たちまでが、母親の親しい友人としてパオロと楽しく交わっていた。わたしは何のこだわりもなく、その景色に満足していた。「不倫」というマイナスのイメージは、どこからも湧いてこなかった。

　一方でわたし自身にとっては、パオロという人は世界中のどこにもいない、出会ったのが奇跡のような、まれに見る男だった。幼心を保ったまま大人になった、わがままなのに離れがたい、不思議な魅力の持ち主だった。その人柄は、彼からのすべての手紙に表れていて、手紙の一通一通に、彼特有の人となりがあふれていた。

しかしわたしには手に負えないことがひとつあって、それは、わたしたちがふたりでアンナを欺いているという、重い現実だった。ブリュッセルでアンナがわたしに示した、誰の心をも溶かさずにはおかない温かな人柄。それに深く打たれたわたしは、自分を醜いと感じて、短からぬ一時期、心がパオロから離れがちになった。

パオロはそんなわたしを共犯者として理解しながら、罪悪感はそれほど抱えていなかったのか、わたしの気持ちを静めるのに腐心した。

パオロの魅力は、彼に似た心理的背景を持った人でなければ、見いだし得ないものかもしれない。わたしたちはふたりとも、出会ったとき、相手がまさにそういう人であることを直感で感じとった。そんな人はどこにでもいるわけでないことは知っているから、ふたりは急速に近づいて、もう手放すまいという気持ちになった。

パオロは今、わたしの心の奥底に住まいながら、時空を超えた世界にいて、わたしをそっと抱きしめては、柔らかな微笑みを絶やさない。

装　幀　中央公論新社デザイン室
カバー写真　Paola Henrquez Accatini / EyeEm /gettyimages

本書は書き下ろしです。

泉典子

イタリア語翻訳家。東京外国語大学大学院修士課程修了。訳書にフランチェスコ・アルベローニ『エロティシズム』『新・恋愛論』『死ぬまで続く恋はあるか』、スザンナ・タマーロ『心のおもむくままに』、ピーノ・アプリーレ『愚か者ほど出世する』『ヘマな奴ほど名を残す』、マッテオ・モッテルリーニ『経済は感情で動く』『世界は感情で動く』ほか多数。本書は初の自著小説。

死《し》ぬまで続《つづ》く恋《こい》

2023年2月25日　初版発行

著　者　泉《いずみ》　典《のり》　子《こ》

発行者　安 部 順 一

発行所　中央公論新社

〒100-8152　東京都千代田区大手町1-7-1
電話　販売 03-5299-1730　編集 03-5299-1740
URL https://www.chuko.co.jp/

DTP　嵐下英治
印　刷　大日本印刷
製　本　小泉製本

Printed in Japan　ISBN978-4-12-005630-7 C0093

松井久子　著

〈単行本／中央公論新社〉

疼《うず》くひと

脚本家・唐沢燿子は古稀をむかえ、日に日に「老い」を感じていた。しかしSNSで年下の男と出会い、生活が一変する。人生後半から身も心も溺れていく、大人の恋の行方は……。

最後のひと

75歳になって、86歳のひとを好きになって、何が悪いの？　燿子がついに出会った「ぴったりな人」。人生仕上げの情愛がもたらすものは。ベストセラー『疼くひと』の著者が実感を込めて綴る希望の物語。